真《さな》田《だ》十《じゅう》勇《ゆう》士《し》は名《めい》探《たん》偵《てい》!!

―タイムスリップ探偵団《たんていだん》と忍術妖術《にんじゅつようじゅつ》オンパレード!の巻《まき》―

楠木誠一郎／作　岩崎美奈子／絵

JN242546

講談社 青い鳥文庫

もくじ

登場人物紹介《とうじょうじんぶつしょうかい》

真田幸村親子《さなだゆきむらおやこ》と十勇士《じゅうゆうし》の面々《めんめん》

1 戦国博物館《せんごくはくぶつかん》へようこそ

「ふたりとも、やけに、はりきってるわね。」

ブルーのチェックのシャツにジーンズのわたし——遠山香里《とおやまかおり》——は、タイムが顔《かお》を出《だ》しているトートバッグを抱《かか》えながら、列《れつ》に並《なら》んでいる。

赤《あか》いT《ティー》シャツと焦《こ》げ茶色《ちゃいろ》の半《はん》ズボンの堀田亮平《ほったりょうへい》くん、黒《くろ》いパーカーにジーンズの氷室拓哉《ひむろたくや》くんの背中《せなか》に声《こえ》をかけた。

亮平《りょうへい》くんは、小学校五年生《しょうがっこうごねんせい》のときに、高校《こうこう》の相撲部《すもうぶ》からスカウトされたほど体格《たいかく》がいい。おまけに食《た》べるのが大好《だいす》きだから、中学校《ちゅうがっこう》では「和菓子《わがし》が食《た》べられる」という理由《りゆう》だけで茶道部《さどうぶ》に入《はい》っている。

拓《た》っくんはテニス部《ぶ》。いずれ映画同好会《えいがどうこうかい》を作《つく》るといってる。

タイムは、平安時代《へいあんじだい》からついてきたわんこ。わたしが飼《か》っている。左目《ひだりめ》のまわりが、なぐられたボクサーみたいに円《まる》く黒《くろ》い。

「並《なら》ばないと、開館記念《かいかんきねん》のペンライトもらえないからさ！」

「先着百名《せんちゃくめい》さま限《かぎ》りなんだからさ！」

拓《た》っくんと亮平《りょうへい》くんが振《ふ》り返《かえ》って、いう。

わたしたちは中学《ちゅうがく》一年生《ねんせい》。

拓《た》っくんと亮平《りょうへい》くんは公立中学校《こうりつちゅうがっこう》。

わたしは、私立桜葉女子学園中学校《しりつさくらばじょしがくえんちゅうがっこう》。

いまは、十一月下旬《がつげじゅん》の日曜日《にちようび》。

この季節《きせつ》はいつもなら肌寒《はださむ》くなるころだけど、今日《きょう》はぽかぽか陽気《ようき》。

わたしたちは、いま上野公園《うえのこうえん》の一角《いっかく》に新《あたら》しくできた「戦国博物館《せんごくはくぶつかん》」の敷地内《しきちない》に並《なら》んでいた。

ゆうべ、亮平《りょうへい》くんから電話《でんわ》がかかってきたのだ。

学園祭《がくえんさい》も終《お》わって吹奏楽部《すいそうがくぶ》の練習《れんしゅう》もないし、まだ試験《しけん》まで日《ひ》にちがあるので、わたしは、この週末《しゅうまつ》は、の～んびり過《す》ごそうと思《おも》っていたのだ。

でも亮平《りょうへい》くんは、わたしの予定《よてい》などおかまいなしだった。

——「明日《あした》、戦国博物館《せんごくはくぶつかん》に行《い》こうよ！　『大坂《おおさか》の陣《じん》四百年記念展《ねんきねんてん》』がはじまるんだ！」

戦国博物館《せんごくはくぶつかん》は、関ヶ原《せきがはら》から四百年《ねん》の西暦《せいれき》二〇〇〇年《ねん》に計画《けいかく》が持《も》ち上《あ》がって、建《た》てられたばかりなのだ。

わたしが返事《へんじ》に窮《きゅう》していると、電話《でんわ》の向《む》こうで亮平《りょうへい》くんがいった。

――「開館記念《かいかんきねん》のペンライト、三種類《しゅるい》あるらしいんだ！　おれと拓哉《たくや》と香里《かおり》ちゃんがいれば三種類《しゅるい》そろうからさ！」

わたしが返事《へんじ》をする間《ま》もなく、亮平《りょうへい》くんはいった。

――「じゃあ、お願《ねが》い！　博物館《はくぶつかん》の開館《かいかん》は十時《じ》なんだけど、並《なら》ばなきゃいけないから、明日朝《あしたあさ》九時《じ》、現地集合《げんちしゅうごう》ね！」

それだけいうと、亮平《りょうへい》くんは電話《でんわ》を切《き》ってしまった。

今朝《けさ》、朝《あさ》ごはんを食《た》べながら「戦国博物館《せんごくはくぶつかん》に行《い》ってくるね。」というと、原稿《げんこう》を書《か》きおえたばかりの徹夜明《てつやあ》けで、ぼーっとした顔《かお》でコーヒーを飲《の》んでいたママ（ミステリー作家《さっか》鮎川里紗《あゆかわりさ》）が声《こえ》をかけてきた。

「ちょうどよかったわ。行《い》くんだったら図録《ずろく》を買《か》ってきてちょうだい。これから『真田幸村殺人紀行《さなだゆきむらさつじんきこう》』を書《か》くことになってるから。」

午前九時《ごぜんくじ》に集《あつ》まったわたしたちは、券売機《けんばいき》で入場券《にゅうじょうけん》を買《か》ってから、列《れつ》に並《なら》んだ。

亮平《りょうへい》くんのお目当《めあ》てのペンライトは入場券《にゅうじょうけん》と引《ひ》き替《か》えなのだ。

わたしは、列《れつ》の前後《ぜんご》を見《み》わたした。

わたしたちの前《まえ》には、すでに五十人以上《にんいじょう》、わたしたちのうしろにも三十人以上《にんいじょう》が並《なら》んでいる。先着《せんちゃく》百名《めい》には入《はい》っているから、ペンライトはもらえるはず。

「三種類《しゅるい》って、どんなデザインなの？」

わたしがきくと、亮平《りょうへい》くんが鼻《はな》の穴《あな》をふくらませながら、いった。

「それはもらってみないとわからないけど、ミュージアムショップでは売《う》らない非売品《ひばいひん》らしいから貴重《きちょう》だよ。――拓哉《たくや》、香里《かおり》ちゃん、そろそろだよ。」

亮平《りょうへい》くんが背伸《せの》びをしながら声《こえ》をかけてきた。

わたしは腕時計《うでどけい》を見《み》た。午前《ごぜん》十時《じ》。開館時間《かいかんじかん》だ。

列《れつ》が動《うご》きはじめた。

わたしは、トートバッグから顔《かお》を出《だ》しているタイムの頭《あたま》を押《お》さえた。

「吠《ほ》えても、鳴《な》いても、しゃべってもダメよ。隠《かく》れててね。」

「クゥ～ン。」

タイムが顔《かお》をひっこめる。

わたしは、タイムの頭《あたま》を押《お》さえてからなでてあげた。

入《い》り口《ぐち》のほうから、博物館《はくぶつかん》のスタッフの声《こえ》が聞《き》こえてきた。

「あわてないでくださーい！　きちんと並《なら》んでくださーい！　あわてなくても、ペンライトはありますから！」

人《ひと》には「並《なら》べ。」といわれたら並《なら》ばず、「あわてるな。」といわれたらあわてる、そんな天《あま》の邪《じゃ》鬼《く》な傾向《けいこう》がある。

列《れつ》の前《まえ》のほうから、よろこびの声《こえ》や不満《ふまん》の声《こえ》が聞《き》こえてくる。

「やった、ゲット！」

「なんだ、これか。」

「あっちがいいな。」

わたしの前《まえ》に並《なら》ぶ亮平《りょうへい》くんと拓《た》っくんが、そわそわしているのがわかる。

ようやく、わたしたちの順番《じゅんばん》が来《き》た。

亮平《りょうへい》くんが入場券《にゅうじょうけん》の半券《はんけん》をもいでもらいながら、係員《かかりいん》のおねえさんに両手《りょうて》を合《あ》わせて、お願《ねが》いする。

「三人《にん》だから、別々《べつべつ》の種類《しゅるい》をください。」

「いいわよ。」

おねえさんが透明《とうめい》のビニール袋《ぶくろ》に入《はい》ったペンライトを渡《わた》してくれた。

たしかにペンライトのデザインは三種類《しゅるい》だった。
一、赤《あか》いボディーカラーで真田幸村《さなだゆきむら》
二、空色《そらいろ》のボディーカラーで真田丸《さなだまる》
三、黄色《きいろ》いボディーカラーで真田十勇士《さなだじゅうゆうし》
わたしたちはビニール袋《ぶくろ》からペンライトを取《と》り出《だ》した。お尻《しり》のねじ込《こ》み式《しき》のキャップをはずしてみると、なかには単三電池《たんでんち》が二本入《ほんはい》っていた。

「やったね！」

「やったな、亮平《りょうへい》。」

拓《た》っくんと亮平《りょうへい》くんが小躍《こおど》りする。

わたしたちは、ペンライトをジーンズや半《はん》ズボンのポケットに入《い》れてから、展示室《てんじしつ》に入《はい》った。

まずは大坂《おおさか》の陣《じん》の概要《がいよう》と、前後《ぜんご》の年表《ねんぴょう》が掲《かか》げられていた。
●香里《かおり》クイズ

Q《キュー》．大坂《おおさか》の陣《じん》があったのは西暦何年《せいれきなんねん》と何年《なんねん》？
A《エー》　一六〇〇年《ねん》と一六〇一年《ねん》
B《ビー》　一六〇三年《ねん》と一六〇四年《ねん》
C《シー》　一六一四年《ねん》と一六一五年《ねん》

大坂《おおさか》の陣《じん》は西暦《せいれき》一六一四年冬《ねんふゆ》と一六一五年夏《ねんなつ》の二度《ど》あった。

それぞれ「冬《ふゆ》の陣《じん》」「夏《なつ》の陣《じん》」と呼《よ》ばれている。

では、なぜ大坂《おおさか》の陣《じん》が起《お》きたのか。

歴史上《れきしじょう》の事件《じけん》はいきなり起《お》きるわけではない。ちゃんと原因《げんいん》がある。

「天下布武《てんかふぶ》」を唱《とな》えた織田信長《おだのぶなが》が本能寺《ほんのうじ》の変《へん》で自害《じがい》したあと、豊臣秀吉《とよとみひでよし》が「天下統一《てんかとういつ》」事業《じぎょう》をつづけた。

●香里《かおり》クイズ
Q《キュー》．関ヶ原《せきがはら》の戦《たたか》いで、東軍《とうぐん》の徳川家康《とくがわいえやす》と戦《たたか》った西軍《せいぐん》の武将《ぶしょう》は？
A《エー》　明智光秀《あけちみつひで》

B《ビー》　石田三成《いしだみつなり》
C《シー》　豊臣秀頼《とよとみひでより》

秀吉《ひでよし》が亡《な》きあとに跡《あと》を継《つ》いだのが豊臣秀頼《とよとみひでより》だった。

その秀頼《ひでより》を盛《も》り立《た》てようとした石田三成《いしだみつなり》と、豊臣政権《とよとみせいけん》を終《お》わらせようと思《おも》っていた徳川家康《とくがわいえやす》とのあいだで天下《てんか》分《わ》け目《め》の戦《いくさ》となったのが関ヶ原《せきがはら》の戦《たたか》い。

関ヶ原《せきがはら》の戦《たたか》いで勝《か》った家康《いえやす》は、秀頼《ひでより》を一大名《いちだいみょう》の地位《ちい》に落《お》とし、「天下制覇《てんかせいは》」を成功《せいこう》させ、一六〇三年《ねん》に江戸《えど》に幕府《ばくふ》を開《ひら》いた。

●香里《かおり》クイズ
Q《キュー》. 豊臣秀吉《とよとみひでよし》の側室《そくしつ》、淀殿《よどどの》の本名《ほんみょう》は？
A《エー》　茶々《ちゃちゃ》
B《ビー》　初《はつ》
C《シー》　江《ごう》

江戸時代《えどじだい》に入《はい》っても、亡《な》き豊臣秀吉《とよとみひでよし》の側室《そくしつ》の淀殿《よどどの》（茶々《ちゃちゃ》）、その息子《むすこ》の秀頼《ひでより》は、かつての栄耀《えいよう》栄華《えいが》を忘《わす》れられないでいた。

それだけでなく、隙《すき》あらば江戸幕府《えどばくふ》を倒《たお》し、豊臣《とよとみ》の世《よ》にもどそうとしていたため、家康《いえやす》は豊臣《とよとみ》氏《し》をたたきつぶそうと考《かんが》え、大坂《おおさか》の陣《じん》を仕掛《しか》けたのだ。

わたしたちは、次《つぎ》の展示室《てんじしつ》に足《あし》を進《すす》めた。

そこには大坂冬《おおさかふゆ》の陣《じん》がはじまったときの大坂城《おおさかじょう》とその周辺《しゅうへん》が鳥瞰《ちょうかん》できるジオラマが展示《てんじ》されていた。

「なあ、亮平《りょうへい》。あれ、ほんとうに大坂城《おおさかじょう》か？　おれたちの知《し》ってる二十一世紀《せいき》の大阪城《おおさかじょう》じゃないじゃん。」

●香里《かおり》クイズ

Q《キュー》．豊臣秀吉《とよとみひでよし》が大坂城《おおさかじょう》の天守閣《てんしゅかく》を完成《かんせい》させたのは西暦何年《せいれきなんねん》？

A《エー》　一五八二年《ねん》

B《ビー》　一五八五年《ねん》

C《シー》　一五八八年《ねん》

●香里《かおり》クイズ
Q《キュー》．豊臣秀吉《とよとみひでよし》が建《た》てたころの大坂城天守閣《おおさかじょうてんしゅかく》の高《たか》さは？
A《エー》　四十メートル
B《ビー》　五十五メートル
C《シー》　五十八メートル

「秀吉《ひでよし》は、一五八五年《ねん》に大坂城《おおさかじょう》の天守閣《てんしゅかく》を完成《かんせい》させたんだけど、そんなに大《おお》きくなかったんだよ。たしか高《たか》さ約《やく》四十メートル。それが大坂夏《おおさかなつ》の陣《じん》で焼《や》けて、そのあとで建《た》てなおされた天守閣《てんしゅかく》は高《たか》さ約《やく》五十八メートル、昭和時代《しょうわじだい》の復興天守閣《ふっこうてんしゅかく》は高《たか》さ約《やく》五十五メートル。」

わたしたちの腰《こし》の高《たか》さのところに、部分部分《ぶぶんぶぶん》の解説板《かいせつばん》があり、ボタンを押《お》すと、ジオラマの該当部分《がいとうぶぶん》のランプが光《ひか》るようになっている。

わたしは、大坂城《おおさかじょう》の周囲《しゅうい》の地形《ちけい》に目《め》をやった。

「いまの大阪城《おおさかじょう》の周囲《しゅうい》はビルだらけよね。あたりまえだけど、昔《むかし》はぜんぜんちがっていたってわけね。」

●香里《かおり》クイズ
Q《キュー》．大坂城《おおさかじょう》の北《きた》に流《なが》れている川《かわ》は？
A《エー》　隅田川《すみだがわ》
B《ビー》　木曾川《きそがわ》
C《シー》　天満川《てんまがわ》

大坂城《おおさかじょう》は敵《てき》が攻《せ》めにくいことで知《し》られていたらしい。

およそ西《にし》には海《うみ》、北《きた》には天満川《てんまがわ》、東《ひがし》には大和川《やまとがわ》・平野川《ひらのがわ》が流《なが》れており、しかも低湿地《ていしっち》だった。

「自然《しぜん》の要害《ようがい》だったたって。」

拓《た》っくんがいうと、亮平《りょうへい》くんが城《しろ》の南側《みなみがわ》を指《さ》した。

「でも城《しろ》の南側《みなみがわ》は、惣堀《そうぼり》だけだよ。」

「そうぼり、ってなんだ？」

「外堀《そとぼり》のことだよ。戦国時代《せんごくじだい》の大坂城《おおさかじょう》の場合《ばあい》は水《みず》がない空堀《からぼり》だけどね。ほら見《み》てみろよ。」

亮平《りょうへい》くんが指《ゆび》さしながら、つづける。

「ほら、外堀《そとぼり》の外側《そとがわ》は、ただ土地《とち》が広《ひろ》がってるだけで、防備《ぼうび》が手薄《てうす》だったんだよ。」

「じゃあ、攻《せ》めるなら、南側《みなみがわ》からってわけね。」

「そう。徳川方《とくがわがた》が南側《みなみがわ》から攻《せ》めてくるって予想《よそう》できたから、真田幸村《さなだゆきむら》は城《しろ》の南《みなみ》の外堀《そとぼり》の外側《そとがわ》に出城《でじろ》『真田丸《さなだまる》』を築《きず》いたんだ。ほら、あれ。」

●香里《かおり》クイズ
Q《キュー》．真田丸《さなだまる》のかたちは？
A《エー》 四角形《しかくけい》
B《ビー》 楕円形《だえんけい》
C《シー》 半円形《はんえんけい》

たしかに外堀《そとぼり》の外側《そとがわ》にくっつくように、幅《はば》が広《ひろ》くて、南側《みなみがわ》が半円形《はんえんけい》に出《で》っ張《ぱ》ったかたちをした出城《でじろ》がくっついていた。

出城《でじろ》といっても、削《けず》り取《と》った土台《どだい》の縁《ふち》に、櫓《やぐら》と呼《よ》ばれる見張《みは》り台《だい》を一定《いってい》の間隔《かんかく》で建《た》てているくらい。

半円形《はんえんけい》の土地《とち》には兵《へい》たちが寝泊《ねと》まりするような小屋《こや》がたくさん建《た》っている。

亮平《りょうへい》くんが、赤《あか》い旗印《はたじるし》がたくさん立《た》ち、赤《あか》い甲冑《かっちゅう》に身《み》を包《つつ》んだ兵《へい》がたくさんいる真田丸《さなだまる》を指《ゆび》さしていう。

赤《あか》は、真田軍《さなだぐん》のシンボルカラーなのだ。

甲冑《かっちゅう》が赤《あか》いのは、「真田《さなだ》の赤備《あかぞな》え」と呼《よ》ばれている。

「真田丸《さなだまる》は幅《はば》が百八十メートルあったっていわれてて、あれらの小屋《こや》に真田《さなだ》の兵《へい》五千人《にん》が寝泊《ねと》まりしてたらしい。」

ジオラマを見《み》ると、真田丸《さなだまる》の外側《そとがわ》にも空堀《からぼり》があって、その空堀《からぼり》に向《む》かって、徳川方《とくがわがた》の兵《へい》がたくさん攻《せ》め寄《よ》せている。

わたしは亮平《りょうへい》くんにきいた。

「こうして見《み》ると、徳川方《とくがわがた》の攻撃《こうげき》を真田丸《さなだまる》が一手《いって》に引《ひ》き受《う》けていたかんじね。」

亮平《りょうへい》くんが、うなずく。

「そうなんだよ。真田丸《さなだまる》があったために、城《しろ》を攻《せ》めあぐねた家康《いえやす》は、豊臣方《とよとみがた》に和睦《わぼく》を提案《ていあん》するんだ。で、和睦《わぼく》のときに『外堀《そとぼり》の埋《う》め立《た》て』を口頭《こうとう》で追加《ついか》するんだ。」

「それで?」

「家康《いえやす》は、『惣堀《そうぼり》を埋《う》め立《た》ててよいと命《めい》じたら、総《すべ》ての堀《ほり》を埋《う》めてしもうた。すまんかった。』って。おまけに、すべての堀《ほり》を埋《う》め立《た》てただけでなく、堀《ほり》を埋《う》め立《た》てるときに邪魔《じゃま》だった真田丸《さなだまる》も、ついでに破壊《はかい》してしまうんだ。」

「堀《ほり》を埋《う》め立《た》てられたら、大坂城《おおさかじょう》は……。」

「丸裸《まるはだか》だね。」

「はなから攻《せ》めにくいと思《おも》っていた家康《いえやす》が、堀《ほり》を埋《う》め立《た》てるために和睦《わぼく》をしたといってもいいかもしれない。」

「なんか、ひどーい。」

わたしは、ふと思《おも》った。

「ねえ、亮平《りょうへい》くん。大坂城《おおさかじょう》が攻《せ》めにくい城《しろ》だってことは、なんとなくわかったけど、そもそも、どうして籠城《ろうじょう》したの？　豊臣秀頼《とよとみひでより》と淀殿《よどどの》が籠城《ろうじょう》するのはキャラ的《てき》にわかるんだけど。」

拓《た》っくんもうなずく。

「だよな。真田幸村《さなだゆきむら》は籠城《ろうじょう》するキャラじゃない。」

「たしか、はじめ幸村《ゆきむら》は城《しろ》から東《ひがし》の方角《ほうがく》に打《う》って出《で》て、まず京都《きょうと》を制圧《せいあつ》し、そのあと琵琶湖《びわこ》の南《みなみ》あたりで、駿河《するが》からやってくる家康《いえやす》を迎《むか》え撃《う》ちたかったらしいんだよ。」

「へえ。」

「でも秀頼《ひでより》と淀殿《よどどの》が籠城《ろうじょう》するって決《き》めちゃったもんだから、真田丸《さなだまる》を造《つく》ることを考《かんが》えたらしいよ。」

「なるほどねえ。」

「次《つぎ》は、大坂夏《おおさかなつ》の陣《じん》のジオラマだよ。行《い》こう。」

わたしたちが次《つぎ》の展示室《てんじしつ》に向《む》かって歩《ある》きはじめたときだった。

わたしは、だれかに背中《せなか》を押《お》されたと思《おも》ったら、前《まえ》につんのめった。

「うわっ！」

わたしの前《まえ》を歩《ある》いている拓《た》っくん、亮平《りょうへい》くんの身体《からだ》も前《まえ》にかたむいていく。

ちょっと待《ま》って！　このままじゃ将棋倒《しょうぎだお》しになっちゃう！　倒《たお》れちゃう！

目《め》の前《まえ》が真《ま》っ白《しろ》になった。

2　大坂《おおさか》の陣《じん》がはじまってる!?

「ちょ、ちょっと、うしろの人《ひと》、のいて！」

わたし――遠山香里《とおやまかおり》――は思《おも》わず声《こえ》をあげた。

「あれ？　うしろ、だれもいない……。」

だれかに、のしかかられているわけではなかった。

わたしが拓《た》っくんの背中《せなか》に、拓《た》っくんが亮平《りょうへい》くんの背中《せなか》に、まるで親亀《おやがめ》、子亀《こがめ》、孫亀《まごがめ》のように、のしかかっていた。

「痛《い》ててて。」

拓《た》っくんにつづいて亮平《りょうへい》くんの声《こえ》が聞《き》こえてくる。

「く、苦《くる》しい……。」

まず、わたしがのき、拓《た》っくんがのいた。

わたしは両手《りょうて》でトートバッグを抱《だ》きしめていた。

トートバッグからはタイムが顔《かお》を出《だ》し、わたしの顔《かお》を見上《みあ》げている。

ぶるっ。

寒気《さむけ》がした。

真《ま》っ暗《くら》な場所《ばしょ》だった。

手《て》で床《ゆか》に触《ふ》れてみた。ざらざらしている。磨《みが》かれていない板《いた》の間《ま》？

少《すく》なくとも、戦国博物館《せんごくはくぶつかん》のなかじゃないことはわかる。

またまたまたまたタイムスリップしてしまったみたい。

「ねえ、ここが、どこか……。」

わたしが拓《た》っくんと亮平《りょうへい》くんに声《こえ》をかけたとき、すぐ近《ちか》くから、がさごそ、という音《おと》が聞《き》こえてくる。

えっ⁉　なにっ⁉

わたしは、いいかけた言葉《ことば》をのみこんで、耳《みみ》をすませた。

「だれだ。」

暗《くら》いなかから、男《おとこ》の人《ひと》の声《こえ》が聞《き》こえてきた。

「ひっ！」

トートバッグのなかのタイムがびくりとし、わたし、拓《た》っくん、亮平《りょうへい》くんの喉《のど》が鳴《な》った。

「だれだときいておる。」

わたしは、声《こえ》がしたほうを見《み》た。

少《すこ》しずつ目《め》が慣《な》れてくる。ここは六畳《じょう》くらいの広《ひろ》さがある場所《ばしょ》。

視界《しかい》の端《はし》に、だれかがいるのが見《み》えた。

わたしたちがいる空間《くうかん》の隅《すみ》に、男《おとこ》の人《ひと》がうしろ手《で》でしばられた格好《かっこう》で床《ゆか》に転《ころ》がされたまま、しきりに両手《りょうて》を動《うご》かそうとしている。

「おまえたち、見覚《みおぼ》えがあるぞ。」

えっ!?

この声《こえ》、どこかで聞《き》いたことがある。

「以前《いぜん》に会《お》うたときとはちがう、奇妙《きみょう》な服《ふく》を着《き》ておるな。」

わたしたちは二十一世紀《せいき》の服《ふく》を着《き》たまんまだ。

さらに目《め》が慣《な》れてくる。

男《おとこ》の人《ひと》は黒装束《くろしょうぞく》で、顔《かお》の下半分《したはんぶん》も黒《くろ》い布《ぬの》で覆《おお》われていて、目《め》しか見《み》えない。

わたしは目《め》を細《ほそ》めて、よく見《み》ようとした。

「どなた、ですか？」

「覚《おぼ》えておらぬとは、いわさぬぞ。」

「えっ!?」

「わしの父《ちち》にも会《お》うたことがあるはず。」

「あっ。」

思《おも》い出《だ》した。

「あなたは……もしかして半蔵《はんぞう》さん!?　服部半蔵《はっとりはんぞう》……それも二代目《だいめ》じゃなくて、三代目《だいめ》……服部《はっとり》半蔵正就《はんぞうまさなり》……。」

わたしたちは、タイムスリップした先《さき》で、ふたりの服部半蔵《はっとりはんぞう》さんに会《あ》ったことがある。

戦国時代《せんごくじだい》を生《い》きた服部半蔵《はっとりはんぞう》さんは三人《にん》いる。

初代《しょだい》　服部半蔵保長《はっとりはんぞうやすなが》
二代目《だいめ》　服部半蔵正成《はっとりはんぞうまさなり》
三代目《だいめ》　服部半蔵正就《はっとりはんぞうまさなり》
初代《しょだい》の服部半蔵保長《はっとりはんぞうやすなが》さんには会《あ》ったことはないけど、二代目《だいめ》服部半蔵正成《はっとりはんぞうまさなり》さんとは本能寺《ほんのうじ》の変《へん》直後《ちょくご》の伊賀越《いがご》えのとき（『徳川家康《とくがわいえやす》は名探偵《めいたんてい》!!』）、三代目《だいめ》服部半蔵正就《はっとりはんぞうまさなり》さんとは真田幸村《さなだゆきむら》さん、大助《だいすけ》くん、十勇士《じゅうゆうし》が高野山《こうやさん》の麓《ふもと》の九度山村《くどやまむら》から大坂城《おおさかじょう》に向《む》かうとき（『真田幸村《さなだゆきむら》は名探偵《めいたんてい》!!』）に会《あ》ったのだ。

「おぬしら、真田《さなだ》の味方《みかた》の……。」

わたしは、あわてて答《こた》えた。

「あのときは真田《さなだ》の味方《みかた》に見《み》えたかもしれませんけど、ちがいます。半蔵《はんぞう》さんの敵《てき》というわけではありません！」

半蔵《はんぞう》さんが首《くび》をひねる。

「おかしなことを申《もう》すな！」

「えっと、つまりですね……。」

以前《いぜん》にタイムスリップしてきたときと状況《じょうきょう》がちがうと説明《せつめい》したい。でも、そうなると、わたしたちがタイムスリッパーであるところから説明《せつめい》しないといけない……。

わたしがなんて説明《せつめい》しようか困《こま》っていると、亮平《りょうへい》くんが口《くち》をはさんできた。

「半蔵《はんぞう》さん、と、ところで、いま、何月何日《なんがつなんにち》ですか？」

「十一月《がつ》十五日《にち》だっ。」

半蔵《はんぞう》さんが、いらっとした口調《くちょう》でいう。

旧暦《きゅうれき》（太陰太陽暦《たいいんたいようれき》）の十一月《がつ》十五日《にち》は、新暦《しんれき》（太陽暦《たいようれき》）では十二月《がつ》十五日《にち》ごろ。寒《さむ》いはずだ。

「わたしたちと会《あ》ったことを覚《おぼ》えていらっしゃるということは、いまは慶長《けいちょう》十九年《ねん》（一六一四）以後《いこう》ってことですよね？」

半蔵《はんぞう》さんが首《くび》をかしげる。

「いまが、その慶長《けいちょう》十九年《ねん》だろうが。おまえたちに会《あ》ったのは一か月《げつ》あまり前《まえ》だ。」

半蔵《はんぞう》さんが、両腕《りょううで》をもぞもぞ動《うご》かしながら、いう。

亮平《りょうへい》くんが小声《こごえ》でいう。

「香里《かおり》ちゃん、おれたちが半蔵《はんぞう》さんに会《あ》ったのは慶長《けいちょう》十九年《ねん》十月九日《がつここのか》だよ。」

わたしたちは、あれから、わずか一か月《げつ》あまり未来《みらい》にタイムスリップしてきたわけ？　ってことは……。

亮平《りょうへい》くんが小声《こごえ》でいう。

「もうすぐ大坂冬《おおさかふゆ》の陣《じん》だ。」

拓《た》っくんがいう。

「さすが亮平《りょうへい》、時代劇《じだいげき》オタクだな。」

「時代劇《じだいげき》オタクというな。」

「じゃあ、時代劇《じだいげき》マニア。」

「だから……。」

「時代劇《じだいげき》ファン。」

「それならいいよ。」

「おれたちが、あんなところにいたからか?」

拓《た》っくんが「あんなところ」というのは、戦国博物館《せんごくはくぶつかん》の「大坂《おおさか》の陣《じん》四百年記念展《ねんきねんてん》」の会場《かいじょう》のこと。

「あれ?」

亮平《りょうへい》くんが首《くび》をかしげる。

「あのっ、ここは、どこですか?」

「大坂城《おおさかじょう》のはるか東《ひがし》。」

「でも、おかしいな。まだ大坂冬《おおさかふゆ》の陣《じん》がはじまっていないらしいのに、どうして徳川家康《とくがわいえやす》さんの忍《しの》びの服部半蔵《はっとりはんぞう》さんが、ここにいるんだよ。まして、なんでしばられて転《ころ》がされたりしているんだよ。」

半蔵《はんぞう》さんが、不機嫌《ふきげん》な顔《かお》つきのまま答《こた》える。

「真田幸村《さなだゆきむら》に捕《つか》まったのだ。」

「幸村《ゆきむら》さんに!?」

「大坂城《おおさかじょう》に入《はい》っていた幸村《ゆきむら》が出陣《しゅつじん》したのだ。」

「えっ……。」

「大御所《おおごしょ》さまをお守《まも》りせねばならぬ立場《たちば》であるというのに、わしとしたことがっ。くそっ、ほどけん。」

大御所《おおごしょ》さまとは、徳川家康《とくがわいえやす》さんのことだ。

「まさか……ウソ……。」

戦国博物館《せんごくはくぶつかん》で亮平《りょうへい》くんに聞《き》いた話《はなし》では、九度山村《くどやまむら》から大坂城《おおさかじょう》に入《はい》った幸村《ゆきむら》さんは、城《しろ》から打《う》って出《で》ようとしたけど、秀頼《ひでより》と淀殿《よどどの》に反対《はんたい》されたんじゃ……？　反対《はんたい》されたから、真田丸《さなだまる》を造《つく》ることになったんじゃ……？

「ウソではない。」

亮平《りょうへい》くんが、半蔵《はんぞう》さんにきく。

「すでに戦《いくさ》がはじまってるってことですか？」

「戦《いくさ》というより、幸村《ゆきむら》は、大御所《おおごしょ》さまのお命《いのち》を狙《ねろ》うておるのだ。」

もし幸村《ゆきむら》さんが家康《いえやす》さんを討《う》ってしまったら歴史《れきし》が変《か》わっちゃう！　ううん、大坂城《おおさかじょう》から出《で》て、家康《いえやす》さんを迎《むか》え撃《う》とうとしている時点《じてん》で、歴史《れきし》が変《か》わりはじめているかもしれない！

わたしは、拓《た》っくんと亮平《りょうへい》くんに小声《こごえ》でいった。

「ねえ、ちょっと、まずいよね。」

拓《た》っくんと亮平《りょうへい》くんもうなずく。

「おい、おまえたち、どうするつもりだ。」

半蔵《はんぞう》さんがきいてきたので、わたしが答《こた》えた。

「幸村《ゆきむら》さんを止《と》めないと。」

「止《と》める？」

「だって家康《いえやす》さんの命《いのち》を狙《ねら》わせるわけにはいきません！」

「そうか！　おまえたち、味方《みかた》か！　ならば、わしの縄《なわ》をほどいてくれ！」

亮平《りょうへい》くんが立《た》ち上《あ》がりながらいう。

「ちょっと待《ま》ってください。ここが、大坂城《おおさかじょう》からどれくらい離《はな》れてるか、たしかめたいんです。ここの出入《でい》り口《ぐち》はどこですか？」

「あっちじゃ。」

半蔵《はんぞう》さんから見《み》て右《みぎ》のほうを見《み》る。

亮平《りょうへい》くんにつづいて、拓《た》っくん、わたしは、出入《でい》り口《ぐち》に急《いそ》いだ。

亮平《りょうへい》くんが取《と》っ手《て》を探《さが》す。

「あれ？　ドア、どこだ？　暗《くら》くて、よく見《み》えない。――あ、そうだ。」

ごそごそ動《うご》いていたかと思《おも》うと、亮平《りょうへい》くんが伸《の》ばした手《て》の先《さき》から、まぶしい光《ひかり》が放《はな》たれた。半《はん》
ズボンのポケットから、戦国博物館《せんごくはくぶつかん》でもらったペンライトを出《だ》したのだ。

「なんなのだ！」

うしろから半蔵《はんぞう》さんのおどろく声《こえ》がした。

「これだ。」

亮平《りょうへい》くんは取《と》っ手《て》をつまんで右《みぎ》に動《うご》かして、出入《でい》り口《ぐち》の扉《とびら》を開《ひら》いた。

外《そと》は、ほんのり明《あか》るい。

夕方《ゆうがた》か夜明《よあ》け前《まえ》。

ぶるっ、と身体《からだ》が震《ふる》える。

急《きゅう》に、ものすごい寒気《さむけ》が襲《おそ》ってきた。

あたりを見《み》わたした。

亮平《りょうへい》くんが手《て》にもっているペンライトの光《ひかり》が四方八方《しほうはっぽう》に走《はし》る。

わたしたちがタイムスリップしたのは、背《せ》の高《たか》い葦原《あしはら》のなかに建《た》っている小《ちい》さな板葺《いたぶ》きの小屋《こや》のなかだとわかった。

近《ちか》くから川《かわ》のせせらぎが聞《き》こえてくる。

亮平《りょうへい》くんが声《こえ》をあげた。

「あれ、大坂城《おおさかじょう》だっ。」

亮平《りょうへい》くんがペンライトの光《ひかり》を大坂城《おおさかじょう》の方角《ほうがく》に向《む》ける。はるか遠《とお》くを見《み》ると、赤《あか》い夕焼《ゆうや》けの空《そら》に、城《しろ》のシルエットが浮《う》かび上《あ》がっている。

亮平《りょうへい》くんが重《かさ》ねて、いう。

「戦国時代《せんごくじだい》の、高《たか》さ四十メートルの大坂城天守閣《おおさかじょうてんしゅかく》だよ。この城《しろ》の向《む》きで、城《しろ》の向《む》こうが明《あか》るいってことは、あっちが西《にし》。太陽《たいよう》が落《お》ちたあと。夕方《ゆうがた》だよ。」

わたしたちが大坂城《おおさかじょう》のほうを望《のぞ》んでいるときだった。

「あの光《ひかり》で城《しろ》になにをするつもりだ！」

どこかで、だれかの声《こえ》がした。

つづいて半蔵《はんぞう》さんの声《こえ》が聞《き》こえてきた。

「そこにいるのは、だれだ！　おい、やめろ！　――爆発《ばくはつ》するぞ！　香里《かおり》、拓哉《たくや》、亮平《りょうへい》！　逃《に》げろ！」

いつのまにか足下《あしもと》にいたタイムが吠《ほ》える。

「ワン！」

わたし、拓《た》っくん、亮平《りょうへい》くんは、駆《か》けだした。

自分《じぶん》たちの背丈《せたけ》ほどもある葦原《あしはら》のなかを走《はし》り抜《ぬ》けていった。

ボン！

背後《はいご》で大《おお》きな音《おと》がした。

背中《せなか》から強《つよ》い力《ちから》で押《お》されたかと思《おも》った次《つぎ》の瞬間《しゅんかん》には、わたしの身体《からだ》は宙《ちゅう》に浮《う》いていた。

3 炎《ほのお》と水《みず》の競演《きょうえん》!?

わたし――遠山香里《とおやまかおり》――は宙《ちゅう》に浮《う》いてる……。
ううん、うしろからの熱《あつ》い風《かぜ》に吹《ふ》き飛《と》ばされてる……。
目《め》の下《した》に葦原《あしはら》が見《み》える！
三メートルくらいの高《たか》さがある！
いったい、なんなの？
うわっ！　わたしの身体《からだ》が落《お》ちていく。
眼下《がんか》に葦原《あしはら》が迫《せま》ってくる。
地面《じめん》にたたきつけられちゃう！
わたしは本能的《ほんのうてき》に背中《せなか》を丸《まる》めた。
天地《てんち》がぐるぐる回《まわ》りはじめた。

上《うえ》も下《した》も、右《みぎ》も左《ひだり》も、わからない。

「うわーっ!」

方向感覚《ほうこうかんかく》がおかしくなる。

左腕《ひだりうで》から背中《せなか》にかけてなにかにぶつかった。

痛《いた》たたたっ。

目《め》の前《まえ》を葦《あし》が覆《おお》っていた。

隙間《すきま》から、夕焼《ゆうや》け空《ぞら》が見《み》える。

やや左《ひだり》を向《む》いた姿勢《しせい》で背中《せなか》から地面《じめん》に落《お》ちたらしい。

さっき背中《せなか》が熱《あつ》かったのは、なんだったのだろう?

わたしが上体《じょうたい》を起《お》こそうとしたら、目《め》の前《まえ》になにか丸《まる》っこいものが降《ふ》ってきた。

思《おも》わず両手《りょうて》を伸《の》ばした。

「ヒャン!」

タイムだ。わたしはタイムを引《ひ》き寄《よ》せ、抱《だ》きしめた。

「痛《いた》あーい!」

左腕《ひだりうで》に痛《いた》みが走《はし》った。

落《お》ちたときに左腕《ひだりうで》を痛《いた》めたらしい。

わたしはタイムをそーっと地面《じめん》におろした。

右手《みぎて》で左《ひだり》の肩《かた》から二《に》の腕《うで》にかけて押《お》さえた。

骨《ほね》、折《お》れてないといいけど。

わたしは右手《みぎて》でタイムを抱《だ》き上《あ》げて、立《た》ち上《あ》がった。

「ああ、尻《しり》から落《お》ちてよかったけど、痛《いた》い！　香里《かおり》ちゃん、だいじょうぶ？」

左《ひだり》のほうから、拓《た》っくんが左足《ひだりあし》を引《ひ》きずりながら歩《ある》いてくる。

戦国時代《せんごくじだい》の米沢《よねざわ》にタイムスリップして少年時代《しょうねんじだい》の伊達政宗《だてまさむね》さんに会《あ》ったとき（『伊達政宗《だてまさむね》は名《めい》探偵《たんてい》!!』を読《よ》んでね）に怪我《けが》をして、まだ治《なお》っていないのだ。

右《みぎ》のほうからは、亮平《りょうへい》くんもまたお尻《しり》をさすりながら走《はし》ってくる。

「ペンライト、落《お》としちゃったよ！」

そのとき、わたしたちの背後《はいご》で大《おお》きな音《おと》がした。

わたしたちが立《た》っているところから十メートルくらい離《はな》れたところで、小屋《こや》が大《おお》きな炎《ほのお》に包《つつ》まれている。

わたしたちがいた小屋《こや》？　ってことは……！

「あの小屋《こや》のなかには服部半蔵《はっとりはんぞう》さんがっ！　ああっ！」

わたしは葦原《あしはら》のなかを駆《か》けだした。

半蔵《はんぞう》さんを助《たす》けなきゃ！　このままじゃ半蔵《はんぞう》さんが焼《や》け死《し》んじゃう！

「香里《かおり》ちゃん！」

「あぶない！」

拓《た》っくんと亮平《りょうへい》くんにうしろから腕《うで》をつかまれて引《ひ》きもどされた。

さらに激《はげ》しく小屋《こや》が燃《も》え上《あ》がる。

わたしは口《くち》を開《あ》けた。さけぼうとしたけど、声《こえ》にならなかった。身体《からだ》がこわばるのがわかった。

「うわっ！」

「マジかよ。」

亮平《りょうへい》くんがさけび、拓《た》っくんがつぶやく。

燃《も》えさかる小屋《こや》からは、板《いた》の破片《はへん》のようなもの、木屑《きくず》のようなものが、火《ひ》に包《つつ》まれたまま四方《しほう》八方《はっぽう》に飛《と》び散《ち》っている。

燃《も》えた木《き》ぎれが飛《と》び散《ち》り、わたしたちの前後左右《ぜんごさゆう》に落下《らっか》してきた。

そのときだった。

ガチャガチャ……。

鎧《よろい》が揺《ゆ》れる音《おと》がする。

赤《あか》っぽい鎧《よろい》に身《み》を包《つつ》んだ若《わか》い男《おとこ》の人《ひと》が、視界《しかい》に飛《と》び込《こ》んできた。頭《あたま》には烏帽子《えぼし》をかぶり、鉢巻《はちまき》をしている。

この人《ひと》は、たしか……。

「だ、大助《だいすけ》くん！」

真田幸村《さなだゆきむら》さんの息子《むすこ》の大助《だいすけ》くんだった。

「ここはあぶない！」

わたしは、大助《だいすけ》くんに腕《うで》をとられて、走《はし》った。

「拓哉《たくや》、亮平《りょうへい》！　いっしょに走《はし》れ！」

わたしは走《はし》らされながら、頭《あたま》が混乱《こんらん》していた。

「どうして大助《だいすけ》くんが、ここにいるの⁉　どうして半蔵《はんぞう》さんがいる小屋《こや》が燃《も》えてるの⁉」

「あの小屋《こや》が燃《も》やされたのは、おれのせいだ！」

「どういうこと⁉」

「おれが小屋《こや》のそばにいたからだ！　十勇士《じゅうゆうし》たちが術《じゅつ》を使《つか》い、おれの動《うご》きを封《ふう》じようとしているんだ！」

「どうして!?　十勇士《じゅうゆうし》は味方《みかた》でしょ！」

「くわしいことは、あとで話《はな》す！　――ああっ！」

すぐ目《め》の前《まえ》の葦原《あしはら》に火《ひ》の手《て》があがった。

「あぶない！」

大助《だいすけ》くん、拓《たく》っくん、亮平《りょうへい》くんが、わたしを囲《かこ》むように立《た》つ。

背後《はいご》も熱《あつ》い。

肩越《かたご》しに振《ふ》り向《む》くと、背後《はいご》の葦《あし》も燃《も》え上《あ》がっている。

右横《みぎよこ》の葦《あし》にも炎《ほのお》が広《ひろ》がっている。

左横《ひだりよこ》の葦《あし》は……。

まだ燃《も》え広《ひろ》がっていない！

「大助《だいすけ》くん、拓《た》っくん、亮平《りょうへい》くん、あっち！」

わたしは三人《にん》といっしょに走《はし》りはじめた。

でも……。

大《おお》きな火《ひ》の玉《たま》のようなものが降《ふ》ってきたと思《おも》ったら、目《め》の前《まえ》の葦《あし》がバチバチと音《おと》を立《た》てながら燃《も》えはじめた。

ときどき葦《あし》がはぜて、火《ひ》の粉《こ》が飛《と》んでくる。

気《き》がついたときには、三百六十度《ど》、炎《ほのお》で囲《かこ》まれてしまっていた。

わたしたちが立《た》ってる場所《ばしょ》を中心《ちゅうしん》として、直径《ちょっけい》十メートルくらいの円《えん》の部分《ぶぶん》だけが燃《も》えていないけど……。

葦《あし》が焼《や》かれ、どんどん、その円《えん》が狭《せば》まっている。

頭《あたま》の上《うえ》からも、火《ひ》の粉《こ》が降《ふ》ってくる。

わたしは背中《せなか》を丸《まる》め、右手《みぎて》で抱《だ》いたタイムを守《まも》った。

下《さ》げた頭《あたま》を振《ふ》って、髪《かみ》の毛《け》が火《ひ》の粉《こ》で少《すこ》しでも焼《や》けないようにした。

わたしたちを囲《かこ》んでいる炎《ほのお》が大《おお》きくなった。

「うわっ！」

「あんな光《ひか》る術《じゅつ》を使《つか》うとは！　怪《あや》しいやつらめ！　あちっ！　くそっ！　思《おも》ったより火《ひ》が強《つよ》くなってしもうた。」

えっ!?　炎《ほのお》がしゃべってる？　それとも、わたしたち以外《いがい》のだれかがいるの？

光《ひか》る術《じゅつ》……!?　怪《あや》しいやつら……!?

ひょっとして、亮平《りょうへい》くんのペンライトのこと？　ペンライトの光《ひかり》を見《み》てたってこと？

わたしは声《こえ》をかけた。

「だれ？　だれかいるの？」

もう声《こえ》は聞《き》こえてこない。

わたしは、大助《だいすけ》くん、拓《た》っくん、亮平《りょうへい》くんにきいた。

「いま、声《こえ》したよね？」

「え？　なんのこと？　亮平《りょうへい》、聞《き》こえたか？」

「うんにゃ、聞《き》こえなかったけど。」

でも大助《だいすけ》くんはうなずいた。

「やつらだ……。」

「やつら？」

「十勇士《じゅうゆうし》。」

わたしは、学校《がっこう》の教室《きょうしつ》くらいの広《ひろ》さの円《えん》を見《み》まわした。

少《すこ》しでも炎《ほのお》の勢《いきお》いが弱《よわ》いところはないかしら。ほんの少《すこ》しでも……。

わたしは、目《め》を細《ほそ》めて見《み》た。

少《すこ》しでも炎《ほのお》の勢《いきお》いが弱《よわ》いところを探《さが》す。

燃《も》えさかる炎《ほのお》を見《み》くらべる。

葦原《あしはら》は、ただ燃《も》えさかっているだけではない。あがる炎《ほのお》が呼吸《こきゅう》をしている。大《おお》きくなったり、少《すこ》し弱《よわ》まったりしている。

そんな呼吸《こきゅう》をしているような場所《ばしょ》があるはず。

そっちはダメ。

こっちもダメ。

あそこは……。炎《ほのお》が少《すこ》し弱《よわ》まっている一角《いっかく》があった。

あった、あそこだ。

わたしは指《ゆび》さしながらさけんだ。

「大助《だいすけ》くん、拓《た》っくん！ 亮平《りょうへい》くん！ 突《つ》っ切《き》りましょう！」

「えええっ！」

亮平《りょうへい》くんは怖《お》じ気《け》づいたけど、拓《た》っくんはうなずいた。

「よし、やろう！」

「マジかよ。拓哉《たくや》、足《あし》、だいじょうぶなのかよ。」

「心配《しんぱい》するな！」

わたしは右腕《みぎうで》でしっかりタイムを抱《だ》きしめた。

「行《い》くよ！」

わたしが駆《か》けだそうとした瞬間《しゅんかん》、それまで炎《ほのお》が呼吸《こきゅう》して、少《すこ》し弱《よわ》まっていると思《おも》っていた一角《いっかく》が、ぶわっと燃《も》え上《あ》がった。

「うわっ、燃《も》えすぎだろ。」

また、どこかで、だれかの声《こえ》がした。

わたしたちは、足《あし》の動《うご》きを止《と》めざるをえなかった。

火《ひ》の勢《いきお》いは、どんどん強《つよ》まっている。

直径《ちょっけい》十メートルくらいあった空間《くうかん》が、どんどん狭《せば》まってきている。

直径《ちょっけい》五メートル……直径《ちょっけい》四メートル……直径《ちょっけい》三メートル……。

タイムを抱《だ》いたわたしを中心《ちゅうしん》に、大助《だいすけ》くん、拓《た》っくん、亮平《りょうへい》くんが背中《せなか》を向《む》け合《あ》う。

拓《た》っくんが、動《うご》きはじめた。

「香里《かおり》ちゃん、これ、頭《あたま》からかぶって。」

拓《た》っくんが、パーカーを脱《ぬ》いで、わたしに渡《わた》してくれた。

「どうするつもり?」

拓《た》っくんが炎《ほのお》をまっすぐ見《み》ながら、いう。

「亮平《りょうへい》、突《つ》っ切《き》るぞ!」

「そうだな。おれたちならできるよな。」

「香里《かおり》ちゃん、パーカーかぶって。」

「うん。」

わたしは左手《ひだりて》でパーカーをつかんで、頭《あたま》からかぶった。どっちかというと、右腕《みぎうで》で抱《だ》いたタイムを守《まも》りたかった。

拓《た》っくん、タイムを抱《だ》いたわたし、亮平《りょうへい》くん、大助《だいすけ》くんの順《じゅん》で、炎《ほのお》のなかに突《つ》っこんでいった。

熱《あつ》い……熱《あつ》い……。

「こら、やめろ。おぬし、邪魔《じゃま》するな。」

「焼《や》き殺《ころ》すつもりではあるまいな。」

どこかで、だれかとだれかの会話《かいわ》が聞《き》こえた。

耳《みみ》をつんざくような轟音《ごうおん》がした。

ザザザ……ザ――――ッ！

痛《いた》い。なにかに頭《あたま》をたたかれているかんじがする。

見上《みあ》げようとしたとき、なにかに身体《からだ》ごと持《も》ち上《あ》げられた。

冷《つめ》たい！　水《みず》だ！　大量《たいりょう》の水《みず》だ！

わたしは遊園地《ゆうえんち》のプールの滑《すべ》り台《だい》を思《おも》い出《だ》していた。

豪雨《ごうう》だ。大量《たいりょう》の雨《あめ》によって発生《はっせい》した濁流《だくりゅう》に流《なが》されているのだ。

とっくに、周囲《しゅうい》に火《ひ》はなかった。水《みず》しか見《み》えない。

濁流《だくりゅう》のなかで、わたしの身体《からだ》は、前後左右《ぜんごさゆう》にぐるんぐるん回《まわ》っている。

わたしは右手《みぎて》でタイムを抱《だ》き、左手《ひだりて》でパーカーをにぎりしめていることしかできなかった。

濁流《だくりゅう》に呑《の》み込《こ》まれたまま、身体《からだ》が前後左右《ぜんごさゆう》にぐるんぐるん回《まわ》っている。

平衡感覚《へいこうかんかく》がおかしくなって、気持《きも》ち悪《わる》い。

いつまでつづくんだろうと思《おも》っていたときだった。

背中《せなか》に痛《いた》みを覚《おぼ》えた。

地面《じめん》にたたきつけられていた。

視界《しかい》の端《はし》に、拓《た》っくん、亮平《りょうへい》くん、大助《だいすけ》くんが倒《たお》れている。

見《み》わたした。

濁流《だくりゅう》がなくなっていた。

水《みず》が一気《いっき》に引《ひ》いた？

いや……そうではなかった。

濁流《だくりゅう》となった雨水《あまみず》が、吸《す》い寄《よ》せられるように天《てん》にのぼっていた。

視界《しかい》の端《はし》に川《かわ》が見《み》えた。その川《かわ》の水《みず》までも、いっしょにのぼっている。

のぼった雨水《あまみず》、川《かわ》の水《みず》が、どんどん暗《くら》くなっていく空中《くうちゅう》でうねりはじめる。

うねっていた水《みず》が、あるものに化《ば》けた。

太《ふと》い尻尾《しっぽ》、太《ふと》く長《なが》い胴体《どうたい》、角《つの》が生《は》えた頭《あたま》。

りゅ、龍《りゅう》だ。水《みず》の龍《りゅう》だ。

大助《だいすけ》くん、拓《た》っくん、亮平《りょうへい》くんが、焼《や》け焦《こ》げた葦原《あしはら》の上《うえ》を、よろよろと走《はし》ってくる。拓《た》っくんは左足《ひだりあし》を引《ひ》きずっている。

わたしは、拓《た》っくんにパーカーを返《かえ》した。

水《みず》の龍《りゅう》が、わたしたちを見下《みお》ろしてくる。

龍《りゅう》の目《め》が青《あお》く光《ひか》った。

大《おお》きく開《ひら》いた口《くち》のなかに、水《みず》の渦《うず》ができていく。

「イヤな予感《よかん》がする。逃《に》げて！」

わたしたちは、踵《きびす》を返《かえ》して走《はし》りはじめた。

走《はし》っているわたしたちの前後左右《ぜんごさゆう》になにかが襲《おそ》いかかってくる。

ドン！

大《おお》きな音《おと》がしたかと思《おも》うと、巨大《きょだい》な水飛沫《みずしぶき》があがった。

小学校《しょうがっこう》の校舎《こうしゃ》の屋上《おくじょう》くらいの高《たか》さから、水《みず》の玉《たま》を吐《は》いているのだ。

拓《た》っくん、亮平《りょうへい》くん、大助《だいすけ》くんが、あたりを見《み》まわす。

わたしたちは、河原《かわら》まで走《はし》って、丸《まる》い石《いし》をつかんだ。

水《みず》の龍《りゅう》に向《む》かって投《な》げつけた。

でも石《いし》は、水《みず》の龍《りゅう》に届《とど》かない。

水《みず》の玉《たま》は地面《じめん》にあたって破裂《はれつ》しているだけではない。地面《じめん》がえぐれている！　あの水《みず》の玉《たま》が身体《からだ》に命中《めいちゅう》したら、どんなことになってしまうのか！

走《はし》って逃《に》げるしかなかった。

大助《だいすけ》くん、左足《ひだりあし》を引《ひ》きずる拓《た》っくん、わたし、亮平《りょうへい》くんの順《じゅん》で逃《に》げた。

「うわっ！」

背後《はいご》で亮平《りょうへい》くんの声《こえ》がした。

振《ふ》り向《む》くと、亮平《りょうへい》くんが突《つ》っ伏《ぷ》していた。

わたしと拓《た》っくんは駆《か》けもどった。

亮平《りょうへい》くんがさけぶ。

「みんな、逃《に》げろ！」

わたしはタイムを地面《じめん》におろすと、拓《た》っくんといっしょに亮平《りょうへい》くんの腕《うで》を引《ひ》っぱった。

河原《かわら》を川《かわ》に沿《そ》って走《はし》った。

河原《かわら》だから、足下《あしもと》が石《いし》だらけで、とても走《はし》りにくい。

空中《くうちゅう》でうねっている水《みず》の龍《りゅう》は、頭《あたま》を下《さ》げ、至近距離《しきんきょり》から、わたしたちに向《む》かって水《みず》の玉《たま》を吐《は》いてくる。

命中《めいちゅう》したら、ひとたまりもない。

わたしたちは、できるだけ右《みぎ》に左《ひだり》によけながら走《はし》った。

亮平《りょうへい》くんの腕《うで》をにぎっている手《て》が離《はな》れた。

水《みず》の玉《たま》が、わたしたちの足下近《あしもとちか》くに命中《めいちゅう》した。

「うわーっ！」

河原《かわら》にうつぶせに倒《たお》れた。

起《お》き上《あ》がりながら振《ふ》り向《む》くと、亮平《りょうへい》くんのすぐうしろに水《みず》の龍《りゅう》がいて大《おお》きな口《くち》を開《あ》けていると
ころだった。いまにも亮平《りょうへい》くんの頭《あたま》を呑《の》みこんでしまいそうだ。

「ダメーっ！」

そのときだった。

大助《だいすけ》くんが駆《か》けもどり、亮平《りょうへい》くんを立《た》たせて引《ひ》っぱりはじめた。

亮平《りょうへい》くんを引《ひ》きずっていく大助《だいすけ》くんが向《む》かう先《さき》を見《み》た。

河原《かわら》には、ゴツゴツとしているが、丸《まる》い巨大《きょだい》な岩《いわ》があった。直径《ちょっけい》は三メートルほどはありそう
だ。

その岩《いわ》の真《ま》ん中《なか》あたりから下《した》にかけて、長《なが》さが一・五メートルほどの逆V字形《ぎゃくブイじがた》の空洞《くうどう》が走《はし》って
いた。

大助《だいすけ》くんは、亮平《りょうへい》くんをその空洞《くうどう》に引《ひ》きずりこみながら、わたしと拓《た》っくんに向《む》かってさけん
だ。

「こっちに来《こ》い！」

走《はし》っていったわたしは、腰《こし》をかがめながら岩《いわ》の空洞《くうどう》に駆《か》けこんだ。足下《あしもと》にはタイムもいた。すぐに拓《た》っくんも駆《か》けこんできた。

岩《いわ》の空洞《くうどう》には、ちょうど四人《にん》と一匹《ぴき》が隠《かく》れることができた。足下《あしもと》は河原《かわら》だ。

暗《くら》くて、たがいの顔《かお》がよく見《み》えない。

4　父《ちち》と子《こ》の対立《たいりつ》!?

ドン！　バシャバシャ……。

わたし――遠山香里《とおやまかおり》――たちが隠《かく》れている巨大《きょだい》な岩《いわ》が前後左右《ぜんごさゆう》に揺《ゆ》れている。

真田大助《さなだだいすけ》くんが、外《そと》の様子《ようす》をうかがいながらいう。

「水《みず》の龍《りゅう》が、水《みず》の玉《たま》を吐《は》いて攻撃《こうげき》しているんだ。しばらく出《で》ないほうがいい。」

さらに大助《だいすけ》くんが、わたし、拓《た》っくん、亮平《りょうへい》くんの顔《かお》を順々《じゅんじゅん》に見《み》て、きいてきた。

「改《あらた》めてきくけど、あのとき、君《きみ》たちは、たしか未来《みらい》に帰《かえ》ったはずだよね。」

九度山村《くどやまむら》から脱出《だっしゅつ》して大坂城《おおさかじょう》に向《む》かう途中《とちゅう》で、わたしたちは二十一世紀《せいき》に帰《かえ》ることになってしまったのだ。

「父上《ちちうえ》にいわれてたよね。『ここから先《さき》は、ほんとうに戦《いくさ》になる。これまでのようにはいかん。あぶないゆえ、おまえたちは……未来《みらい》に帰《かえ》れ。』って。」

わたしは、うなずいてから返事《へんじ》をした。

「帰《かえ》ったわよ。」

「どうして、また来《き》たんだよ。」

「帰《かえ》ったことは帰《かえ》ったんだけど、また偶然《ぐうぜん》、この時代《じだい》に来《き》ちゃったのよ。」

「なんだ、それ。」

大助《だいすけ》くんが憮然《ぶぜん》とした顔《かお》つきでいう。

「だって、しかたないじゃないの。わたしたちだってわからないんだから。」

「好《す》きな時代《じだい》に行《い》けるのではないのか。」

「それは無理《むり》。」

タイムスコープがあればできるけど。でも大助《だいすけ》くんに説明《せつめい》することではないから、わたしはだまっていた。

「ふん、そうか。」

大助《だいすけ》くんは、納得《なっとく》できないって顔《かお》をしてる。

「そんなことより、幸村《ゆきむら》さんは？　幸村《ゆきむら》さんは、どこにいるの？　大坂城《おおさかじょう》を出《で》て、家康《いえやす》さんを討《う》とうとしているって聞《き》いたけど。」

「だれに聞《き》いた。」

「服部半蔵《はっとりはんぞう》さん。あの小屋《こや》のなかで。」

「そうか、半蔵《はんぞう》に知《し》られていたか……。」

●香里《かおり》クイズ
Q《キュー》. 真田大助《さなだだいすけ》の本名《ほんみょう》は？
A《エー》 隆幸《たかゆき》
B《ビー》 幸昌《ゆきまさ》
C《シー》 幸信《ゆきのぶ》

いま目《め》の前《まえ》にいる大助《だいすけ》くんは数《かぞ》え十五歳《さい》くらいのはずなのに、とてもおとなびて見《み》えた。十二、三歳《さい》のわたしたちと大差《たいさ》ないというのに、だ。

「大助《だいすけ》くん」と呼《よ》ぶより、本名《ほんみょう》の「真田幸昌《さなだゆきまさ》」で呼《よ》んだあげたほうが似合《にあ》ってるかもしれないくらい。

九度山村《くどやまむら》を出《で》て以来《いらい》、それまで子供子供《こどもこども》していた大助《だいすけ》くんが、精神的《せいしんてき》に、おとなになったのだ。

環境《かんきょう》、状況《じょうきょう》が、というか、苦難《くなん》が人《ひと》を成長《せいちょう》させるのかもしれない。

わたしは大助《だいすけ》くんにきいた。

「ねえ、さっき、どうして小屋《こや》が焼《や》かれたの？」

「父上《ちちうえ》が家康《いえやす》を討《う》とうとしていることと関係《かんけい》がある。」

「どういうことか説明《せつめい》して。どうして大助《だいすけ》くんが、ううん、大助《だいすけ》くんとわたしたちが十勇士《じゅうゆうし》たちにあぶない目《め》に遭《あ》わされてるの？」

「おれが、父上《ちちうえ》のあとを追《お》って、父上《ちちうえ》のやろうとしていることを止《と》めようとしているからだ。」

●香里《かおり》クイズ
Q《キュー》. 琵琶湖《びわこ》の南《みなみ》（滋賀県大津市《しがけんおおつし》）の瀬田川《せたがわ》に架《か》かっている有名《ゆうめい》な橋《はし》の名《な》は？
A《エー》 隋橋《ずいはし》
B《ビー》 唐橋《からはし》
C《シー》 宋橋《そうはし》

亮平《りょうへい》くんが質問《しつもん》する。

「幸村《ゆきむら》さんは、京都《きょうと》を制圧《せいあつ》して、瀬田《せた》の唐橋《からはし》で徳川軍《とくがわぐん》を迎《むか》え撃《う》つつもりなの？」

大助《だいすけ》くんが、亮平《りょうへい》くんの顔《かお》をじろりと見《み》る。

「たしかに父上《ちちうえ》はそのつもりだったようだ。だが……。」

「なに？」

「秀頼《ひでより》さまと淀殿《よどどの》に反対《はんたい》されたのだ。説得《せっとく》をつづけているうち、徳川軍《とくがわぐん》が京都《きょうと》を出《で》たという報《しら》せが入《はい》ったから、強引《ごういん》に大坂城《おおさかじょう》を出《で》たんだ。」

「家康《いえやす》さんを討《う》つ、って？」

「そう。」

わたしは、大助《だいすけ》くんにきいた。

「大助《だいすけ》くんは、幸村《ゆきむら》さんといっしょにいなくていいの？」

大助《だいすけ》くんは少《すこ》し押《お》しだまってから答《こた》えた。

「いいんだ。」

その、少《すこ》し冷《つめ》たい口調《くちょう》に、わたしは少《すく》なからずおどろいた。

拓《た》っくんと亮平《りょうへい》くんも口《くち》をぽかんと開《あ》けて、大助《だいすけ》くんの顔《かお》を見《み》ている。

「どうして？」

「父上《ちちうえ》とは、意見《いけん》を異《こと》にしているからだ。」

「どういうこと？」

「徳川《とくがわ》と戦《いくさ》をするにあたり、父《ちち》は徳川家康《とくがわいえやす》だけを討《う》てばいいと、家康《いえやす》の命《いのち》を狙《ねら》いさえすればいいと思《おも》っている。だが、おれは考《かんが》えがちがう。」

「どう、ちがうの？」

●香里《かおり》クイズ
Q《キュー》．江戸幕府初代将軍《えどばくふしょだいしょうぐん》は徳川家康《とくがわいえやす》。では二代将軍《だいしょうぐん》は？
A《エー》　徳川秀忠《とくがわひでただ》
B《ビー》　徳川家光《とくがわいえみつ》
C《シー》　徳川家綱《とくがわいえつな》

大助《だいすけ》くんは、ひとつうなずいてから、いった。

「家康《いえやす》を倒《たお》せば、徳川方《とくがわがた》は、いったんは引《ひ》き下《さ》がるかもしれん。だが家康《いえやす》は大御所《おおごしょ》の地位《ちい》。すでに倅《せがれ》の秀忠《ひでただ》が二代将軍《だいしょうぐん》に就《つ》いている。こんどは秀忠《ひでただ》を総大将《そうだいしょう》にして攻《せ》めてくるにちがいない。」

「なるほど。」

「だから家康《いえやす》ひとりを倒《たお》すのではなく、正々堂々《せいせいどうどう》と戦《いくさ》をして徳川軍《とくがわぐん》を倒《たお》すことが肝要《かんよう》なのだ、と思《おも》っている。」

「幸村《ゆきむら》さんに、そう訴《うった》えたの？」

「もちろん父上《ちちうえ》には訴《うった》えたが、無視《むし》された……。」

大助《だいすけ》くんが拳《こぶし》をぎゅっとにぎりしめる。

「無視《むし》された結果《けっか》、どうなったの？」

大助《だいすけ》くんは、少《すこ》し押《お》しだまった。

「打《う》って出《で》るにあたり、おれは、置《お》いてけぼりを食《く》らった。」

「じゃあ、十勇士《じゅうゆうし》のみんなは？」

「十勇士《じゅうゆうし》は、父上《ちちうえ》の忠実《ちゅうじつ》な部下《ぶか》ゆえ、置《お》いていかれる者《もの》はいない。」

「小屋《こや》を焼《や》いたのは、だれ？」

「十勇士《じゅうゆうし》の望月六郎《もちづきろくろう》だ。」

「望月六郎《もちづきろくろう》さんって、たしか爆弾《ばくだん》を作《つく》ってた人《ひと》ですよね。あの人《ひと》が……。」

わたしは、九度山村《くどやまむら》から脱出《だっしゅつ》したときのことを思《おも》い出《だ》していた。

「まさか、あんな術《じゅつ》を使《つか》えるとは。」

わたしは、巨大《きょだい》な岩《いわ》の空洞《くうどう》から、外《そと》をのぞき見《み》た。

水《みず》の龍《りゅう》の尻尾《しっぽ》が目《め》の前《まえ》を横《よこ》に移動《いどう》しているのが見《み》えた。

わたしは口《くち》を閉《と》ざした。

水《みず》の龍《りゅう》の尻尾《しっぽ》が視界《しかい》からはずれたところで、大助《だいすけ》くんがいう。

「あの水《みず》の龍《りゅう》も、十勇士《じゅうゆうし》のひとりに操《あやつ》られているんだ。」

「だれ？」

拓《た》っくんがきく。

「根津甚八《ねづじんぱち》だ。」

根津甚八《ねづじんぱち》さん……九度山村《くどやまむら》で会《あ》ったときは、はっきりいって、ぜんぜん目立《めだ》たない存在《そんざい》だったはず。

わたしは、大助《だいすけ》くんにきいた。

「根津《ねづ》さんって、幸村《ゆきむら》さんの影武者役《かげむしゃやく》のひとりじゃなかった？」

「根津甚八《ねづじんぱち》は元《もと》は水軍《すいぐん》の大将《たいしょう》だ。だから水《みず》の術《じゅつ》が使《つか》えるのかもしれない。知《し》らなかったよ。」

拓《た》っくんが、なにかを思《おも》い出《だ》したようにきいた。

「どうして大助《だいすけ》くんは、ここにいるの？　置《お》いてけぼりを食《く》らっても、幸村《ゆきむら》さんの考《かんが》えに反対《はんたい》なら城《しろ》に留《とど》まっていればいいじゃん。」

ずっとだまって考《かんが》えごとをしていた亮平《りょうへい》くんが腕組《うでぐ》みをして、いう。

「ぜったいに止《と》めたほうがいい。止《と》めなきゃダメだよ。だって……。」

亮平《りょうへい》くんが、そこで小声《こごえ》でわたしと拓《た》っくんにいった。

「史実《しじつ》では、真田幸村《さなだゆきむら》は大坂《おおさか》の陣《じん》の前《まえ》に大坂城《おおさかじょう》から打《う》って出《で》ていないんだから、止《と》めるだけじゃなくて、大坂城《おおさかじょう》に連《つ》れもどさないと！」

わたしは、大助《だいすけ》くんにいった。

「大助《だいすけ》くんがこんな目《め》に遭《あ》うのは、幸村《ゆきむら》さんの行動《こうどう》を止《と》めようとしているからっていってたけど……。」

「おれといっしょにいるから。それと、さっき小屋《こや》で怪《あや》しい光《ひかり》を放《はな》っていただろう。」

「ああ……。」

ペンライトのことだ。

「それから、もうひとつ、とても気《き》になっていることがある。」

そういう大助《だいすけ》くんの頬《ほお》が、ぴくりと動《うご》いた。なにかに脅《おび》えたような顔《かお》つきに見《み》えた。

「なに？」

わたしは、大助《だいすけ》くんにきいた。

「父上《ちちうえ》や十勇士《じゅうゆうし》を追《お》って出《で》てくるとき……よ、淀殿《よどどの》に……これを渡《わた》されたんだ。」

大助《だいすけ》くんは、鎧《よろい》の脇《わき》から懐《ふところ》に手《て》を入《い》れ、折《お》りたたんだ一枚《まい》の紙《かみ》を取《と》り出《だ》した。

「淀殿《よどどの》は、『万《まん》が一《いち》、徳川方《とくがわがた》に見《み》つかってもだいじょうぶなように判《はん》じ物《もの》（暗号《あんごう》）にしておいたわ。』とおっしゃっていた。」

大助《だいすけ》くんが紙《かみ》を広《ひろ》げる。

すでにあたりは暗《くら》くなりかかっているので、ぼんやりとしか見《み》えない。

「あ、そうだ。」

拓《た》っくんが、ジーンズのポケットからペンライトを出《だ》して、スイッチを入《い》れた。

一気《いっき》に明《あか》るくなる。

大助《だいすけ》くんが目《め》を見開《みひら》く。

「これが、さっきの怪《あや》しい光《ひかり》の正体《しょうたい》なのか。——妖術《ようじゅつ》か!?」

「いいから、いいから。」

わたしは、そういって、大助《だいすけ》くんが広《ひろ》げた紙《かみ》を見下《みお》ろした。

時時　時時
時時　時時
時時　時時

門門門門丸

〈読者諸君《どくしゃしょくん》へ第《だい》一の挑戦状《ちょうせんじょう》〉

さて、親愛《しんあい》なる読者諸君《どくしゃしょくん》。
わたしから読者諸君《どくしゃしょくん》へ挑戦《ちょうせん》だ。
諸君《しょくん》の頭脳《ずのう》で、淀殿《よどどの》が真田大助《さなだだいすけ》に渡《わた》したという判《はん》じ物《もの》を解読《かいどく》してほしい。
まずは、ヒントなしで挑《いど》んでほしい。
諸君《しょくん》の健闘《けんとう》を祈《いの》る。
また第五章《だいしょう》のあとでお会《あ》いしよう。

5　腕力《わんりょく》VS.《バーサス》指力《しりょく》？

「なに、これ……。」

わたし――遠山香里《とおやまかおり》――がきくと、真田大助《さなだだいすけ》くんは首《くび》をかしげた。

「こういっては失礼《しつれい》だが、城《しろ》のなかにいて、戦《いくさ》の準備《じゅんび》は父上《ちちうえ》や浪人《ろうにん》たちにまかせっきりだから、淀殿《よどの》は暇《ひま》を持《も》てあましているのかもしれない。」

「浪人《ろうにん》？」

拓《た》っくんが首《くび》をかしげる。

亮平《りょうへい》くんが、拓《た》っくんにいう。

「拓哉《たくや》、予備校《よびこう》とか進学塾《しんがくじゅく》とかに通《かよ》っている学生《がくせい》のことじゃないぞ。」

「ちがうのか。」

「関ヶ原《せきがはら》の戦《たたか》いで敗《やぶ》れた西軍武将《せいぐんぶしょう》の家臣《かしん》たちで、いまは仕《つか》える大名《だいみょう》がいない武士《ぶし》たちのことだ。

豊臣方《とよとみがた》に味方《みかた》している武士《ぶし》たちのほとんどは、浪人《ろうにん》ってことだよ。」

「なるほどな。」

「波《なみ》と同《おな》じ意味《いみ》の『浪《ろう》』じゃなくて、牢屋《ろうや》の『牢《ろう》』って書《か》かれることもある。」

「牢人《ろうにん》」と書《か》かれることがあることは、わたしも知《し》っていた。

「大助《だいすけ》くんが気《き》になっているのなら、この判《はん》じ物《もの》を解読《かいどく》しないとね。」

わたしが大助《だいすけ》くんが広《ひろ》げている紙《かみ》を見下《みお》ろしたとき——。

外《そと》から声《こえ》が聞《き》こえてきた。

「岩《いわ》が光《ひか》ってる！　あの怪《あや》しい術《じゅつ》か！　あの者《もの》たち、大助《だいすけ》さまと組《く》んで、なにをするつもりなのだ……このまま放《ほう》っておくわけにはいかん。ほかの者《もの》にも知《し》らせねば……。」

わたしは、あわてて拓《た》っくんにいった。

「ペンライト、消《け》して！」

「わ、わかった。」

いまのは、だれの声《こえ》だったのだろう……。

ドン！　バシャバシャ……。
ゴ、ゴゴ、ゴゴゴ……。

大《おお》きな音《おと》が響《ひび》いた。

わたしは、巨大《きょだい》な岩《いわ》の空洞《くうどう》から、外《そと》をのぞき見《み》た。水《みず》の龍《りゅう》の尻尾《しっぽ》が見《み》えた。

ドン！　バシャバシャ……。

岩《いわ》にあたった水《みず》がたれ、空洞《くうどう》に入《はい》りこんでくる。

「水《みず》の玉《たま》をぶつけて、岩《いわ》を動《うご》かそうとしているんだわ。」

大助《だいすけ》くんが笑《わら》う。

「まさか。いくら水《みず》の力《ちから》が強《つよ》いといっても、これだけの岩《いわ》が動《うご》くはずは……。」

ゴゴゴ……ゴゴゴゴ……。

巨大《きょだい》な岩《いわ》が小刻《こきざ》みに震《ふる》えるように、動《うご》きはじめた。

拓《た》っくんと亮平《りょうへい》くんが、巨大《きょだい》な岩《いわ》の空洞《くうどう》のなかで、きょろきょろする。

わたしは、もういちど外《そと》をのぞき見《み》た。

水《みず》の龍《りゅう》の顔《かお》が見《み》えた。

マズい！

わたしが、ほかの三人《にん》に声《こえ》をかけようとしたときには、目《め》の前《まえ》に水《みず》の玉《たま》が迫《せま》ってきていた。

顔《かお》をそむける余裕《よゆう》がなかった。

正面《しょうめん》から迫《せま》った水《みず》の玉《たま》が、空洞《くうどう》の部分全体《ぶぶんぜんたい》に命中《めいちゅう》した。水《みず》が岩《いわ》を削《けず》り、空洞《くうどう》を大《おお》きくしはじめた。

さらにわたしたちに襲《おそ》いかかってきた。

顔《かお》を動《うご》かすこともできず、息《いき》もできなかった。

身体《からだ》ごと押《お》され、狭《せま》い空洞《くうどう》のなかで、わたしたち四人《にん》はすし詰《づ》めになった。

「大助《だいすけ》さま！　このまま、ここにおられませ！　お館《やかた》さまを追《お》うてはなりませぬ！」

だれの声《こえ》？　さっき大助《だいすけ》くんがいっていたけど、根津甚八《ねづじんぱち》さんの声《こえ》なの？

水《みず》が、口《くち》にも鼻《はな》にも入《はい》ってくる。

むせて、苦《くる》しい。このままじゃ、窒息《ちっそく》しちゃう。

わたしと同《おな》じようにむせている拓《た》っくんと亮平《りょうへい》くんが、両手《りょうて》を動《うご》かしてもがいている。

拓《た》っくんと亮平《りょうへい》くんが穴《あな》から出《で》ようと、身体《からだ》を動《うご》かした。

でも水《みず》の勢《いきお》いが、ますます激《はげ》しくなり、拓《た》っくんの身体《からだ》がうしろに押《お》しもどされた。

「あっ！」

拓《た》っくんが叫《さけ》ぶ。

「ペンライト、落《お》とした！　でも拾《ひろ》えない！」

空洞《くうどう》の幅《はば》がどんどん大《おお》きくなっていく。地面《じめん》や岩《いわ》を削《けず》るほど威力《いりょく》があるのだ。水《みず》の玉《たま》を直接浴《ちょくせつあ》びたら、どうなってしまうのか……。

わたしはしゃがんだ。

クモのように、地面《じめん》に這《は》いつくばった。

なんとか前《まえ》に出《で》ようと、ゆっくり、ゆっくり這《は》い出《だ》す。

タイムがついてくる。

うしろから三人《にん》も這《は》ってついてくる。

目《め》の前《まえ》に水《みず》の龍《りゅう》が浮《う》いていた。

大《おお》きな口《くち》を開《あ》けている。

恐怖《きょうふ》で身体《からだ》が動《うご》かない。

また水《みず》の玉《たま》が……。

「甚八《じんぱち》、待《ま》て。」

「わしらにやらせろ。」

どこかで声《こえ》がした。

月明《つきあ》かりで照《て》らされた河原《かわら》には、わたしたち四人《にん》と一匹《ぴき》の影《かげ》が伸《の》びていた。その影《かげ》が、より大《おお》きな影《かげ》で覆《おお》われていくのが見《み》えた。円《まる》い大《おお》きな影《かげ》……。

な、なに……？

わたしたちの近《ちか》くに、だれかいるの？

だれなの？

すぐ近《ちか》くから、だれかのうなる声《こえ》が聞《き》こえてくる。

男《おとこ》の人《ひと》がふたりいる？

わたしは、そっと振《ふ》り向《む》いた。

巨大《きょだい》な岩《いわ》が動《うご》いていた。

岩《いわ》が浮《う》きはじめてる！　岩《いわ》が少《すこ》しずつ少《すこ》しずつ、浮《う》き上《あ》がってる！

「逃《に》げるのよ！」

わたしが動《うご》こうとしたら、うしろから拓《た》っくんの小《ちい》さなさけびが聞《き》こえた。

「痛《いた》たっ。」

「どうした、拓哉《たくや》。」

振《ふ》り向《む》くと、拓《た》っくんが左足《ひだりあし》を押《お》さえて、うずくまっている。

大助《だいすけ》くんがうしろから、亮平《りょうへい》くんとわたしとで左右《さゆう》から拓《た》っくんを抱《かか》え起《お》こそうとする。

そのあいだにも、浮《う》いている岩《いわ》と地面《じめん》のあいだの隙間《すきま》に、人《ひと》の足《あし》が見《み》えはじめている。

草鞋《わらじ》……足袋《たび》……臑《すね》から足首《あしくび》にかけて巻《ま》かれた脚絆《きゃはん》……裾《すそ》がすぼまったニッカボッカのような白《しろ》い裁《た》っ着《つ》け袴《ばかま》……黒《くろ》い法衣《ほうえ》……太《ふと》く、たくましい身体《からだ》つき。

まるで武蔵坊弁慶《むさしぼうべんけい》のような身《み》なりをしているふたり。

大助《だいすけ》くんがつぶやく。

「三好兄弟《みよしきょうだい》……。」

三好兄弟《みよしきょうだい》というのは、十勇士《じゅうゆうし》のなかでも巨体《きょたい》のふたり、兄《あに》の三好清海入道《みよしせいかいにゅうどう》、弟《おとうと》の三好伊三入《みよしいさにゅう》道《どう》だ。

白《しろ》い頭巾《ずきん》をかぶった顔《かお》まで見《み》えた。

兄弟《きょうだい》は双子《ふたご》のようにそっくりだが、兄《あに》の清海入道《せいかいにゅうどう》のほうが落《お》ち着《つ》きがある。

三好兄弟《みよしきょうだい》が巨大《きょだい》な岩《いわ》を持《も》ちあげている！

三好兄弟《みよしきょうだい》は、岩《いわ》を持《も》ちあげて、これからなにをするつもりなのだろう。

ただ、わたしたちにとって不利《ふり》なことが起《お》きそうな気《き》がする。

だったら、なんとかしないと！

「ここから出《で》たほうがよくない？」

わたしが声《こえ》をかけた。でも拓《た》っくんがさけぶ。

「左足《ひだりあし》が動《うご》かない。」

「わかった。拓哉《たくや》、おれが背負《せお》う。」

亮平《りょうへい》くんが片膝《かたひざ》を立《た》てて、しゃがんだ。

「乗《の》れ！」

大助《だいすけ》くんとわたしは、拓《た》っくんを抱《かか》え起《お》こしはじめた。

「うわっ！」

うしろのほうから悲鳴《ひめい》が聞《き》こえた。

わたしは肩越《かたご》しに振《ふ》り向《む》いた。

悲鳴《ひめい》をあげたのは、伊三《いさ》入道《にゅうどう》らしい。

「どうした伊三《いさ》！」

「あ、兄者《あにじゃ》、ネズミが……足下《あしもと》にいる！」

「お館《やかた》さまの邪魔《じゃま》をする者《もの》たちを、これ以上《いじょう》、前《まえ》に進《すす》ませないためではないか！　ネズミくらいがまんしろ。ただし、まちがえても殺《ころ》すなよ。――うわっ。」

「それくらいわかっておる。だが兄者《あにじゃ》……どうした……。」

「ク、クモが目《め》の前《まえ》にぶら下《さ》がっている！」

伊三入道《いさにゅうどう》はネズミが、清海入道《せいかいにゅうどう》はクモが嫌《きら》いらしい。

ふたりとも腕《うで》が震《ふる》えているのか、持《も》ちあげられた巨大《きょだい》な岩《いわ》が小刻《こきざ》みに動《うご》いている。

「タイム！　ネズミを追《お》って！」

「ワン！」

タイムが駆《か》けだす。

巨大《きょだい》な岩《いわ》を持《も》ちあげている清海入道《せいかいにゅうどう》と伊三入道《いさにゅうどう》の足下《あしもと》を、まるで「８」の字《じ》を描《えが》くように、逃《に》げるネズミを追《お》って走《はし》りまわる。

伊三入道《いさにゅうどう》が悲鳴《ひめい》をあげる。

「こら、のけ！　ネズミ来《く》るな！」

「伊三《いさ》！　ネズミくらい、なんだ！」

大助《だいすけ》くんとわたしは、拓《た》っくんを亮平《りょうへい》くんの背中《せなか》にのせた。

「拓哉《たくや》、しっかりつかまってろよ。よいしょ！」

亮平《りょうへい》くんが立《た》ち上《あ》がる。

わたしは、清海入道《せいかいにゅうどう》と伊三入道《いさにゅうどう》の様子《ようす》を見《み》て思《おも》った。

いま、ふたりは岩《いわ》を持《も》ちあげている。

ということは両手《りょうて》がふさがってるってこと……。

ならば、この方法《ほうほう》が使《つか》えるかもしれない……。

「大助《だいすけ》くん、拓《た》っくんと亮平《りょうへい》くんをお願《ねが》い！」

わたしはいうなり、駆《か》けもどった。

「香里殿《かおりどの》、なにをするつもりだ！」

大助《だいすけ》くんの声《こえ》がしたけど、わたしはかまわず走《はし》った。

走《はし》りながら、わたしはさけんだ。

「タイム！　つづけてて！」

わたしは巨大《きょだい》な岩《いわ》に近《ちか》づいた。

わたしはジーンズのポケットからペンライトを取《と》り出《だ》すと、清海入道《せいかいにゅうどう》と伊三入道《いさにゅうどう》の顔《かお》をめがけて、光《ひかり》をあてた。

大助《だいすけ》くんとわたしたちを邪魔《じゃま》するなんて、力《ちから》ずくでも止《と》めようとするなんて！

「や、やめろ！　まぶしい！　うわっ！」

「うわっ！　なんという術《じゅつ》！」

清海入道《せいかいにゅうどう》と伊三入道《いさにゅうどう》が同時《どうじ》にさけぶ。

タイムがわたしのほうへ駆《か》けてきて、腕《うで》のなかに飛《と》びこんでくるのと、清海入道《せいかいにゅうどう》と伊三入道《いさにゅうどう》が岩《いわ》を手放《てばな》すのが同時《どうじ》だった。

タイムを抱《だ》いたわたしはペンライトをしまい、拓《た》っくん、亮平《りょうへい》くん、大助《だいすけ》くんのいるほうへ走《はし》った。

ドン！

地響《じひび》きとともに身体《からだ》が跳《と》び上《あ》がった。

振《ふ》り向《む》くと、わたしたちのすぐ背後《はいご》に岩《いわ》が落《お》ちていた。

ちょ、ちょっと、なにすんのよ。あぶないじゃないの！

「伊三《いさ》、あぶなかったな！」

「兄者《あにじゃ》、まことにそうじゃ！」

清海入道《せいかいにゅうどう》と伊三入道《いさにゅうどう》の声《こえ》が聞《き》こえてくる。

前方《ぜんぽう》では、拓《た》っくんを負《お》ぶった亮平《りょうへい》くんがよろめき、足《あし》をふらつかせる。

大助《だいすけ》くんが、亮平《りょうへい》くんの身体《からだ》を支《ささ》えている。

追《お》いついたわたしも、大助《だいすけ》くんといっしょに亮平《りょうへい》くんの身体《からだ》を支《ささ》えた。

わたしは、拓《た》っくんと亮平《りょうへい》くんにいった。

「わたしたち、タイムスリップした先《さき》でこんな目《め》に遭《あ》ってる場合《ばあい》じゃないの！　だから、がんばって。」

「どうやってがんばるんだよ！」

「あんな岩《いわ》だよ、岩《いわ》！」

拓《た》っくんと亮平《りょうへい》くんが振《ふ》り向《む》きながら叫《さけ》ぶ。

わたしは、あたりを見《み》まわし、身《み》を隠《かく》す場所《ばしょ》を探《さが》した。でも、身《み》を隠《かく》せるような場所《ばしょ》はない。

と思《おも》ったら……。

ゴロ……ゴロゴロ……。

地面《じめん》に落《お》ちた巨大《きょだい》な岩《いわ》が、わたしたちのほうに向《む》かって、転《ころ》がりはじめた。

こ、こんどは、なにをはじめるつもりよ！

わたしたちは駆《か》けだした。

走《はし》りながら大助《だいすけ》くんが、うしろを向《む》いてさけぶ。

「清海入道《せいかいにゅうどう》！　伊三《いさ》入道《にゅうどう》！　やめろ！」

「なんのことです？　われわれは、なにもしておりませぬぞ。」

清海入道《せいかいにゅうどう》の声《こえ》がする。

振《ふ》り向《む》いたわたしは、自分《じぶん》の目《め》を疑《うたが》った。

清海入道《せいかいにゅうどう》は武器《ぶき》の樫棒《かしぼう》をにぎって、伊三入道《いさにゅうどう》は大鉈《おおなた》をにぎったまま、転《ころ》がる岩《いわ》を見送《みおく》っている。

ゴロリ……ゴロリゴロリ……。

ちょ、ちょっと、こんどはなに!?　なんなの!?

岩《いわ》が勝手《かって》に転《ころ》がってるっていうわけ?

でも、この河原《かわら》は平坦《へいたん》だ。坂道《さかみち》じゃない。

そんなはずはない。だったら、どうして?

「わっ!」

わたしは河原《かわら》のくぼみに爪先《つまさき》を引《ひ》っかけて前《まえ》のめりに倒《たお》れた。

抱《だ》いているタイムを守《まも》るように、身体《からだ》をひねって、背中《せなか》から落《お》ちた。

「香里《かおり》ちゃん!」

「香里殿《かおりどの》!」

いっしょに逃《に》げている拓《た》っくんと亮平《りょうへい》くん、大助《だいすけ》くんが駆《か》け寄《よ》ってくる。

わたしは、三人《にん》に向《む》かってさけんだ。
「亮平《りょうへい》くん！　大助《だいすけ》くん！　拓《た》っくんをお願《ねが》い！　逃《に》げて！」
十メートルくらいうしろまで巨大《きょだい》な岩《いわ》が迫《せま》っていた。
巨大《きょだい》な岩《いわ》に潰《つぶ》された河原《かわら》の小石《こいし》が、ミシミシと音《おと》を立《た》てている。
ピシッ！
弾《はじ》けた小石《こいし》が飛《と》んでくる。
わたしは、顔《かお》をそむけて、よけた。
このままじゃ、轢《ひ》かれちゃう！
ゴロリ……ゴロリ……ゴロリ……。
「ヒャン！」
タイムが鳴《な》く。
わたしは、右腕《みぎうで》でタイムをしっかり抱《だ》きしめた。
よけなきゃ！
わたしはタイムを抱《だ》いたまま、河原《かわら》の上《うえ》を這《は》った。
いくら丸《まる》い石《いし》が多《おお》いとはいえ、ごろごろしてて、這《は》いにくいし、痛《いた》い。

身体《からだ》の向《む》きを変《か》えて、川《かわ》のほうへ向《む》かう。

岩《いわ》は前《まえ》に進《すす》めても、急《きゅう》に横《よこ》に動《うご》けないはずだ。

ゴロ……ゴロッ……ゴロリ……ゴロリ……。

岩《いわ》が方向転換《ほうこうてんかん》をして、わたしを追《お》いかけてくる。

どうして？

わたしは、上体《じょうたい》を起《お》こして、川《かわ》のなかに足《あし》を踏《ふ》み入《い》れた。

水《みず》がスニーカーに入《はい》って、気持《きも》ち悪《わる》い。

ジーンズが張《は》りついて、冷《つめ》たい。

川《かわ》まで追《お》いかけてくれば、岩《いわ》が転《ころ》がる力《ちから》は弱《よわ》まるはず。

あれ!?　音《おと》がしない。

肩越《かたご》しに、そっと振《ふ》り向《む》いた。

わたしから七、八メートルくらいうしろにある巨大《きょだい》な岩《いわ》の上《うえ》で、なにかが動《うご》いている。

巨大《きょだい》な岩《いわ》の上《うえ》で、子供《こども》がぴょんぴょん飛《と》び跳《は》ねている……。

わたしは、目《め》をこらして見《み》た。

いや、飛《と》び跳《は》ねているのは子供《こども》ではない。いいおとなだ。それどころか、幸村《ゆきむら》さんと大差《たいさ》なさそうな初老《しょろう》の男《おとこ》だ。

よく見《み》た。

「香里殿《かおりどの》！」

駆《か》けてきた大助《だいすけ》くんが、巨大《きょだい》な岩《いわ》の上《うえ》を見上《みあ》げて、つぶやく。

「穴山小助《あなやまこすけ》……。」

十勇士《じゅうゆうし》のひとり穴山小助《あなやまこすけ》さん。

九度山村《くどやまむら》で会《あ》ったときは、根津甚八《ねづじんぱち》さんと同《おな》じように目立《めだ》たない存在《そんざい》だった。

巨大《きょだい》な岩《いわ》の上《うえ》にあぐらをかいてすわった小助《こすけ》さんが右手《みぎて》をあげる。

「岩《いわ》、浮《う》け。」

次《つぎ》の瞬間《しゅんかん》、小助《こすけ》さんののった巨大《きょだい》な岩《いわ》が、高《たか》さ五メートル以上《いじょう》浮《う》いた。

ええっ！

「香里殿《かおりどの》、こっちへ。」

大助《だいすけ》くんがわたしを呼《よ》ぶ。

わたしが、川《かわ》のなかを歩《ある》きはじめたときだった。

小助《こすけ》さんが、あげた右手《みぎて》の指《ゆび》を、まるでピアノでもひくように動《うご》かした。

河原《かわら》の小石《こいし》がいっせいに浮《う》き上《あ》がった。

小助《こすけ》さんが右手《みぎて》をおろすと、それらの小石《こいし》がいっせいに、その場《ば》で、ばらばらと落《お》ちるのが見《み》えた。

口《くち》をぽかんと開《あ》けて見上《みあ》げていた大助《だいすけ》くんがいう。

「こんな術《じゅつ》があったとは……。小助《こすけ》、なにゆえ、かようなことをする。」

巨大《きょだい》な岩《いわ》の上《うえ》の小助《こすけ》さんがいう。

「大助《だいすけ》さま、悪《わる》いことは申《もう》しませぬ。お館《やかた》さまを追《お》うのはおやめなさい。」

「そうはまいらぬ。父上《ちちうえ》を家康《いえやす》に会《あ》わせるわけにはいかんのだ。」

「こうしているあいだにも、お館《やかた》さまは前《まえ》へ進《すす》んでおられる。」

わたしは、大助《だいすけ》くんに小声《こごえ》できいた。

「いま、幸村《ゆきむら》さんと家康《いえやす》さんの距離《きょり》はどれくらいあるの？」

「父上《ちちうえ》は、ただ京都《きょうと》の方角《ほうがく》に向《む》かっているとしかわからぬ。ただ父上《ちちうえ》が出《で》ていかれてからの時《とき》から考《かんが》えると、およそ七、八里《り》くらいと思《おも》われる。」

一里《り》は約《やく》四キロメートルだから、約《やく》三十キロ……。ふつうに急《いそ》ぎ足《あし》で歩《ある》いても七、八時間《じかん》かかる計算《けいさん》になる。

もし双方《そうほう》が同《おな》じ速《はや》さで歩《ある》いたら三、四時間《じかん》で出会《であ》う計算《けいさん》だ。

「わたしたちがいるところから幸村《ゆきむら》さんがいるところまではどれくらいの距離《きょり》があるの？」

「おそらく一里《り》か、もっとか……。」

小助《こすけ》さんが笑《わら》う。

「さような勘定《かんじょう》をしても意味《いみ》がござらん。大助《だいすけ》さまは、お館《やかた》さまに追《お》いつくことは、けっしてできませぬぞ。」

「おのれっ。」

「うひゃひゃひゃ。」

ドン、ドン……。

足音《あしおと》がしたかと思《おも》ったら、巨大《きょだい》な岩《いわ》の上《うえ》であぐらをかいていた小助《こすけ》さんの身体《からだ》が、ぐらりと揺《ゆ》れた。

わたしたちのほうから見《み》て、右《みぎ》では清海入道《せいかいにゅうどう》が樫棒《かしぼう》を振《ふ》るい、左《ひだり》では伊三入道《いさにゅうどう》が大鉈《おおなた》を振《ふ》るって、巨大《きょだい》な岩《いわ》をたたいている。

「小助《こすけ》の爺《じじい》がっ！」

「わしらをコケにしおって！」

清海入道《せいかいにゅうどう》と伊三入道《いさにゅうどう》が見上《みあ》げながらさけぶ。

小助《こすけ》さんはわたしたちに背中《せなか》を向《む》けて立《た》つと、両手《りょうて》の指《ゆび》を動《うご》かした。

河原《かわら》の小石《こいし》がいっせいに浮《う》かび上《あ》がった。

かと思《おも》うと、清海入道《せいかいにゅうどう》と伊三入道《いさにゅうどう》めがけて飛《と》んだ。

「うわっ！　痛《いた》いっ！」

「なにをする！」

清海入道《せいかいにゅうどう》と伊三入道《いさにゅうどう》が悲鳴《ひめい》をあげる。

小助《こすけ》さんは、あげた両手《りょうて》の指《ゆび》を動《うご》かし、河原《かわら》の小石《こいし》を自由自在《じゆうじざい》に操《あやつ》っている。

「こんなことも、できるんだぞ。」

小助《こすけ》さんが楽《たの》しそうに笑《わら》うと、浮《う》かせた小石《こいし》が空中《くうちゅう》でなにかのかたちを作《つく》りはじめる。

小石《こいし》がふたつずつ三列《れつ》になる。

「ははは、小石《こいし》で作《つく》った六連銭《ろくれんせん》だ。」

六連銭《ろくれんせん》は、六文銭《ろくもんせん》ともいわれるが、真田氏《さなだし》の家紋《かもん》。

この世《よ》とあの世《よ》のあいだに流《なが》れている三途《さんず》の川《かわ》の渡《わた》し賃《ちん》が六文《もん》。三途《さんず》の川《かわ》を渡《わた》るときに渡《わた》し賃《ちん》を持《も》っていなかったら、「奪衣婆《だつえば》」と呼《よ》ばれる鬼婆《おにばば》に着物《きもの》をはぎ取《と》られてしまう。だから、いつ

しか、死者《ししゃ》に渡《わた》し賃《ちん》として一文銭《もんせん》を六枚《まいも》持たせる習慣《しゅうかん》が生《う》まれた。戦《いくさ》で死《し》んでしまっても、あの世《よ》に行《い》くときに、奪衣婆《だつえば》に着物《きもの》をはぎ取《と》られないことを願《ねが》って作《つく》られた家紋《かもん》というわけなのだ。

その六つの小石《こいし》が、清海入道《せいかいにゅうどう》と伊三入道《いさにゅうどう》に向《む》かって飛《と》んでいく。

大助《だいすけ》くんが、わたしに向《む》かって小声《こごえ》でいった。

「十勇士《じゅうゆうし》が仲間内《なかまうち》でもめている、いまのうちだ。」

わたしは川《かわ》から出《で》ると、大助《だいすけ》くんといっしょにあとずさった。

拓《た》っくんを背負《せお》った亮平《りょうへい》くんに追《お》いつくべく、大助《だいすけ》くんとわたしは河原《かわら》を走《はし》りはじめた。

大助《だいすけ》くんとわたしたちを幸村《ゆきむら》さんに追《お》いつかせないため、十勇士《じゅうゆうし》たちはあらゆる術《じゅつ》を使《つか》って、わたしたちの邪魔《じゃま》をしようとしていることはわかった。

でも十勇士《じゅうゆうし》たちは協力《きょうりょく》しあっているわけではなさそうだ。たがいに邪魔《じゃま》をしあうこともあるようだ……。

それにしても、あの六連銭《ろくれんせん》のかたち、最近《さいきん》、どこかで見覚《みおぼ》えがあるような……。

あ、そうか、あれかっ。

走《はし》りながら、わたしは、淀殿《よどどの》が大助《だいすけ》くんに渡《わた》した判《はん》じ物《もの》を思《おも》い出《だ》していた。

〈読者諸君《どくしゃしょくん》へ第《だい》二の挑戦状《ちょうせんじょう》〉

ふたたび親愛《しんあい》なる読者諸君《どくしゃしょくん》。
香里《かおり》は解《と》き方《かた》のヒントをつかんだらしい。
淀殿《よどどの》が真田大助《さなだだいすけ》に渡《わた》した判《はん》じ物《もの》は、六連銭《ろくれんせん》と関係《かんけい》があるらしい。
もうひとつのヒントは、オヤジギャグだ。
あとは、かたちと数字《すうじ》をどのように解釈《かいしゃく》するかだ。
また「あとがき」でお会《あ》いしよう。

6　長《なが》い夜《よる》のはじまり

河原《かわら》から、さらに葦原《あしはら》を駆《か》け抜《ぬ》けたところで、わたし――遠山香里《とおやまかおり》――は、拓《た》っくんを背負《せお》った亮平《りょうへい》くんに追《お》いついた。

わたしたち四人《にん》と一匹《ぴき》は藪《やぶ》を通《とお》りすぎた。

気《き》がついたときには、人《ひと》っ子《こ》ひとり、猫《ねこ》の子《こ》一匹《ぴき》いなそうな小《ちい》さな寺《てら》の境内《けいだい》にたどりついていた。

わたしはへとへとだった。

拓《た》っくんを背負《せお》っている亮平《りょうへい》くんは、もっと疲《つか》れていた。

正面奥《しょうめんおく》に小《ちい》さな本堂《ほんどう》、右手奥《みぎておく》に、さらに小《ちい》さな庫裏《くり》が建《た》っているけど、いま現在《げんざい》、使《つか》われているかんじはしなかった。

「亮平《りょうへい》、おろしてくれ。」

拓《た》っくんが、亮平《りょうへい》くんの背中《せなか》から下《お》りる。

まだまだ元気《げんき》そうな真田大助《さなだだいすけ》くんに向《む》かって、わたしはいった。

「ここで少《すこ》し休《やす》ませて。」

大助《だいすけ》くんが、きょとんとした顔《かお》になり、首《くび》をかしげる。

「大助《だいすけ》くん、なに？」

「いっしょに、ついてくるつもりか？」

「もちろん、そのつもりだけど、それがなにか？」

「足手《あしで》まといだ。亮平《りょうへい》は動《うご》きが鈍《にぶ》い、拓哉《たくや》は怪我《けが》をしている。香里《かおり》だって左腕《ひだりうで》を負傷《ふしょう》しているようだしな。」

それだけいうと、大助《だいすけ》くんが歩《ある》いていこうとする。

わたしは声《こえ》をかけた。

「どっちに向《む》かってるの？」

「京都《きょうと》のほうだ。」

「京都《きょうと》って、大坂《おおさか》からは北東《ほくとう》の方角《ほうがく》よね。」

「そうだ。」

「そっちは京都《きょうと》じゃないわ。」

「なに？」

大助《だいすけ》くんが立《た》ち止《ど》まる。

わたしは、夜空《よぞら》を見上《みあ》げた。

北斗七星《ほくとしちせい》さらに北極星《ほっきょくせい》を探《さが》す。

北斗七星《ほくとしちせい》……北極星《ほっきょくせい》……あった。

低《ひく》い空《そら》に北極星《ほっきょくせい》。あっちが北《きた》。

九十度《ど》ずれた東《ひがし》の低《ひく》い空《そら》に満月《まんげつ》が浮《う》かんでいる。

つまり北極星《ほっきょくせい》と月《つき》のあいだが北東《ほくとう》ということになる。

「どっちが京都《きょうと》だ。」

「教《おし》えない。それに……。」

「なんだ。」

「判《はん》じ物《もの》、わたしなら解《と》ける。」

「えっ……。」

大助《だいすけ》くんが眉《まゆ》をひそめる。

「ほんとうだな。ならば、いま、ここで答《こた》えを聞《き》こう。」

「休《やす》ませてくれたら、答《こた》えをいうわ。」

大助《だいすけ》くんが、少《すこ》し間《ま》を置《お》いてうなずく。

「いいだろう。少《すこ》し休《やす》もう。――ここは廃寺《はいじ》のようだな。だれもいないのか、ちょっとようすを見《み》てくる。」

赤備《あかぞな》えの鎧《よろい》の音《おと》を立《た》てながら、庫裏《くり》のほうに近《ちか》づいていく。

わたし、拓《た》っくん、亮平《りょうへい》くんも、大助《だいすけ》くんのうしろについて歩《ある》いていった。

「どうして本堂《ほんどう》じゃなくて、庫裏《くり》に行《い》くの？」

拓《た》っくんがきくと、大助《だいすけ》くんがいった。

「本堂《ほんどう》はご本尊《ほんぞん》がある建物《たてもの》、庫裏《くり》は住職《じゅうしょく》とその家族《かぞく》が生活《せいかつ》する場所《ばしょ》だからだよ。寝泊《ねと》まりするなら、本堂《ほんどう》じゃなくて庫裏《くり》のほうだよ。」

「なるほど。」

大助《だいすけ》くんは庫裏《くり》の出入《でい》り口《ぐち》の取《と》っ手《て》に手《て》をかけると、横《よこ》に引《ひ》いた。

すぐには動《うご》かず、力《ちから》を入《い》れると、ガタピシ音《おと》を立《た》てながら開《ひら》いた。

庫裏《くり》のなかは暗《くら》かった。

大助《だいすけ》くんは、出入《でい》り口《ぐち》の戸《と》を開《あ》けたままにした。

月明《つきあ》かりがさしこんだ庫裏《くり》のなかを、わたしたちも見《み》まわした。

土間《どま》が入《い》り口《ぐち》から奥《おく》までつづいている。

土間《どま》は、土《つち》を踏《ふ》み固《かた》めていて、スニーカーをはいていても、固《かた》いのがわかった。

左側《ひだりがわ》が広《ひろ》い板《いた》の間《ま》で、囲炉裏《いろり》があった。

土間《どま》を抜《ぬ》けた奥《おく》には台所《だいどころ》があった。

裏口《うらぐち》の戸《と》を開《あ》けたところに井戸《いど》と厠《かわや》（トイレ）があった。

「あ、薪《まき》がある。運《はこ》ぶの手伝《てつだ》ってくれるかな。」

大助《だいすけ》くんに頼《たの》まれ、わたしも、裏庭《うらにわ》に積《つ》んであった薪《まき》を抱《かか》えて囲炉裏《いろり》のある板《いた》の間《ま》に上《あ》がった。

左足《ひだりあし》を引《ひ》きずっている拓《た》っくんの身体《からだ》は、亮平《りょうへい》くんが支《ささ》えている。

大助《だいすけ》くんは囲炉裏《いろり》に細《ほそ》い薪《まき》を重《かさ》ねて、上《うえ》から木屑《きくず》を撒《ま》くように重《かさ》ねた。

そして懐《ふところ》からなにか小《ちい》さな布袋《ぬのぶくろ》を取《と》り出《だ》した。

「火打《ひう》ち袋《ぶくろ》だ！」

亮平《りょうへい》くんがよろこぶ。

袋《ふくろ》のなかから、なにか出《で》てきた。

亮平《りょうへい》くんがつぶやく。

「火打《ひう》ち石《いし》……火打《ひう》ち金《がね》……火口《ほくち》になる綿《わた》きれ……すげえ。」

大助《だいすけ》くんは、床《ゆか》に綿《わた》きれを置《お》くと、その上《うえ》で、左手《ひだりて》ににぎった火打《ひう》ち金《がね》に、右手《みぎて》ににぎった火《ひ》打《う》ち石《いし》を打《う》ちつけた。

カチャ……カチャ……。

火花《ひばな》が出《で》て、綿《わた》きれが燃《も》えはじめた。

大助《だいすけ》くんは、その綿《わた》に息《いき》を吹《ふ》きかけて火《ひ》を大《おお》きくしてから、囲炉裏《いろり》の薪《まき》の上《うえ》の木屑《きくず》に燃《も》え移《うつ》らせた。

「すごい……。」

わたしが感心《かんしん》していると、大助《だいすけ》くんはいった。

「あたりまえだよ。だれでもできる。」

火《ひ》がついたところで大助《だいすけ》くんが戸口《とぐち》を閉《し》めに行《い》き、またもどってきた。

わたしたちは板《いた》の間《ま》に上《あ》がって囲炉裏《いろり》を囲《かこ》んで、暖《だん》を取《と》った。

大助《だいすけ》くんが、わたしたちにいう。

「着《き》たままでいるしかないが、濡《ぬ》れた服《ふく》を乾《かわ》かすんだ。」

四人《にん》で囲炉裏《いろり》を囲《かこ》み、暖《あたた》まった。

タイムを板《いた》の間《ま》におろした。

タイムが身体《からだ》を、ぶるぶるぶるっ、とさせると水飛沫《みずしぶき》が飛《と》び散《ち》った。

それだけでタイムは平気《へいき》そうな顔《かお》をしている。

「いいわね、タイムは。脱水機能《だっすいきのう》が付《つ》いてて。」

「ワン！」

「しっ。」

大助《だいすけ》くんが、口《くち》の前《まえ》に人差《ひとさ》し指《ゆび》を立《た》てると、タイムは首《くび》をすぼめた。

「あいかわらず、人《ひと》のいっていることがわかっている犬《いぬ》だな。」

タイムは、気《き》が抜《ぬ》けたような声《こえ》で「ワン。」と吠《ほ》えてみせた。

薪《まき》をくべている大助《だいすけ》くんが、懐《ふところ》から判《はん》じ物《もの》を取《と》り出《だ》して広《ひろ》げた。

「解《と》ける、といったな。」

時時　時時
時時　時時
時時　時時
門門門門丸

「たぶん。——はじめの、『時《とき》』が並《なら》んで書《か》かれているのは、きっと真田氏《さなだし》の家紋《かもん》の六連銭《ろくれんせん》を意《い》味《み》しているんじゃないかと思《おも》うのね。」

大助《だいすけ》くんがうなずく。

「ああ、『二』掛《か》ける『三』で『六』。」

「そう。しかも『六』が上《うえ》と下《した》に『二』つあるでしょ。」

「『六』掛《か》ける『二』か？」

「その逆《ぎゃく》。『二』『六』って読《よ》むの。」

「『三』掛《か》ける『六』は十二だが。」

「掛《か》けなくていいの。『二』『六』、そして書《か》かれている『時《とき》』。」

「二六、時《じ》……あっ、二六時中《にろくじちゅう》！」

わたしと大助《だいすけ》くんはうなずいているけど、拓《た》っくんと亮平《りょうへい》くんは首《くび》をひねっている。

拓《た》っくんがきいてくる。

「どういうこと？」

「昔《むかし》の一日《にち》は、昼間《ひるま》を約《やく》二時間《じかん》ずつ六つの時《とき》に、夜間《やかん》も約《やく》二時間《じかん》ずつ六つの時《とき》に分《わ》けてたことは知《し》ってる？」

そこまでいったとき、亮平《りょうへい》くんがうなずいた。

「な～る。」

拓《た》っくんは、まだわからないでいる。

「一日《にち》を昼《ひる》と夜《よる》の『二』つに区分《くぶん》して、さらに『六』つに分《わ》けたから、『二六時中《にろくじちゅう》』っていうのは一日《いちにち》じゅう、つまり二十四時間《じかん》を意味《いみ》するの。」

「四六時中《しろくじちゅう》なら聞《き》いたことあるけど。」

「四六時中《しろくじちゅう》は、二六時中《にろくじちゅう》を今風《いまふう》にいいなおしたものなの。」

時時　時時
時時　時時　↓二十四時間《じかん》
時時　時時

「ってことは、これは、二十四時間《じかん》ってこと？」

「そう。」

「じゃあ、こっちのは？」

拓《た》っくんが「門門門門丸」を指《ゆび》さす。

「これは簡単《かんたん》よ。オヤジギャグくらいのレベルだから。」

大助《だいすけ》くんが首《くび》をかしげる。

「おやじ、ぎゃぐ？」

そこで亮平《りょうへい》くんが気《き》づいた。

「へへへ。オヤジギャグっていわれて、わかった。」

「よくわからない。――痛《いた》っ。」

拓《た》っくんが左《ひだり》の太股《ふともも》をさすりながら、口《くち》をぽかんと開《あ》ける。

わたしは、拓《た》っくんに教《おし》えてあげた。

「『門《もん》』っていう字《じ》、いくつある？」

「四つ。」

拓《た》っくんが答《こた》える。

「四つは『し』と読《よ》むの。つまり『門《もん》』が『し』。そして……。」

拓《た》っくんが、声《こえ》をあげた。

「ああっ！」

「そう。『門《もん》』が『し』『丸《まる》』。」

門門門門丸　→門《もん》が閉《し》まる

わたしは、判《はん》じ物《もの》の解答《かいとう》を口《くち》に出《だ》して、いった。

「つまり、『二十四時間《じかん》……丸《まる》一日《にち》以内《いない》に大坂城《おおさかじょう》にもどってこなければ城《しろ》の門《もん》を閉《し》めるわよ。』って淀殿《よどどの》はいいたかったんだと思《おも》うの。」

わたしは、大助《だいすけ》くんにきいた。

「この判《はん》じ物《もの》を渡《わた》されたのは、いつ？」

「今日《きょう》の昼《ひる》。日《ひ》が高《たか》かった。」

「ってことは明日《あす》のお昼《ひる》までに、幸村《ゆきむら》さんを大坂城《おおさかじょう》に連《つ》れてもどらないといけないってことよね。」

大助《だいすけ》くんの表情《ひょうじょう》が曇《くも》った。

「どうしたの？」

「淀殿《よどどの》のことだが……。」

大助《だいすけ》くんの頬《ほお》が引《ひ》きつる。

「淀殿《よどどの》が、どうかしたの？」

「この判《はん》じ物《もの》に書《か》いてあるとおり、『城《しろ》の門《もん》を閉《し》める』だけですむのかどうか。」

「どういうこと？」

「淀殿《よどどの》は、なんでも自分《じぶん》のいうとおりにならないと気《き》が済《す》まない方《かた》なのだ。なのに父上《ちちうえ》は、籠城《ろうじょう》を主張《しゅちょう》する淀殿《よどどの》に反対《はんたい》して、徳川家康《とくがわいえやす》を討《う》つため城《しろ》を出《で》てしまった……。」

大助《だいすけ》くんが、ぶるっと身体《からだ》を震《ふる》わせる。

「父上《ちちうえ》が城《しろ》を出《で》る前《まえ》のこと。豊臣氏《とよとみし》に忠誠《ちゅうせい》を誓《ちか》って城《しろ》に入《はい》るはずだった浪人《ろうにん》のひとりが、約束《やくそく》した日《ひ》に入城《にゅうじょう》できず、半日遅《はんにちおく》れた。」

「それで？」

「その浪人《ろうにん》は途中《とちゅう》で休《やす》んだりしていたわけではなく、徳川《とくがわ》に味方《みかた》する武将《ぶしょう》に行《ゆ》く手《て》を阻《はば》まれ、小競《こぜ》り合《あ》いをしたから遅《おく》れたのだ。だが淀殿《よどどの》は理由《りゆう》を聞《き》こうともせず、言《い》い訳《わけ》も許《ゆる》さず、その浪人《ろうにん》を入城《にゅうじょう》させなかったばかりか、城《しろ》から追《お》っ手《て》を差《さ》し向《む》けたんだ。」

「それだけ刻限《こくげん》に容赦《ようしゃ》ないってことね……。」

「淀殿《よどどの》を怒《おこ》らせちゃまずい、ってことだ。」

大助《だいすけ》くんが深々《ふかぶか》とうなずく。

「城《しろ》までの距離《きょり》も考《かんが》えると、明日《あす》の朝《あさ》、夜《よ》が明《あ》けるころまでには家康《いえやす》を討《う》つのをやめて、城《しろ》にもどっていただかなければならない。悠長《ゆうちょう》にはしていられない。」

「ってことは、ここでのんびりしていられないってことね。」

「そういうことになる。」

大助《だいすけ》くんは、わたしの顔《かお》を見《み》て、いった。

「少《すこ》し休《やす》んだら、すぐに、ここを出《で》る。」

そのとき、亮平《りょうへい》くんのお腹《なか》が、ぐぅ〜、と鳴《な》った。

「腹減《はらへ》った……。」

「戦《いくさ》のさなかだ。がまんしろ。」

大助《だいすけ》くんが即答《そくとう》した。

「え〜。」

「おれたちが呑気《のんき》に食《た》べているあいだに、休《やす》んでいるあいだに、父上《ちちうえ》が徳川家康《とくがわいえやす》を討《う》ったら、どうするのだ。亮平《りょうへい》が責任《せきにん》をとってくれるのか？」

「それは……。」

わたしは大助《だいすけ》くんに声《こえ》をかけた。

「九度山村《くどやまむら》にいたころより、うんとたくましくなったね。」

「あたりまえだ。」

そのとき——。

ヒュー ッ……!
風《かぜ》が吹《ふ》く音《おと》がした。
その直後《ちょくご》——。
ガタガタガタ……!
庫裏《くり》の出入《でい》り口《ぐち》の引《ひ》き戸《ど》が揺《ゆ》れた。
隙間風《すきまかぜ》が入《はい》ってきて、囲炉裏《いろり》の火《ひ》が大《おお》きく揺《ゆ》れた。
「消《き》えちゃうよ!」
拓《た》っくんが腹《はら》ばいになって、囲炉裏《いろり》の火《ひ》に息《いき》を吹《ふ》きかける。
ヒュー ッ……!
あっ……。
でも囲炉裏《いろり》の火《ひ》は消《き》えてしまった。
庫裏《くり》のなかは真《ま》っ暗《くら》になってしまった。
大助《だいすけ》くんが囲炉裏《いろり》のある板《いた》の間《ま》から土間《どま》に下《お》りた。
ヒュー ッ……!
ガタガタガタ……!

大男《おおおとこ》が出入《でい》り口《ぐち》の引《ひ》き戸《ど》をつかんで動《うご》かしているような音《おと》だ。
大助《だいすけ》くんにつづき、わたしたちも出入《でい》り口《ぐち》に向《む》かい、四人《にん》がかりで引《ひ》き戸《ど》を押《お》さえた。
体重《たいじゅう》をかけて押《お》さえているのに、風《かぜ》が、ものすごい力《ちから》で押《お》し返《かえ》してくる。
「このままじゃ、まずい！　さがれ！」
大助《だいすけ》くんの合図《あいず》とともに、わたしたちはうしろにさがった。
ガタガタガタ……。
次《つぎ》の瞬間《しゅんかん》、出入《でい》り口《ぐち》の戸《と》が吹《ふ》き飛《と》んだ。
わたしたちに向《む》かって襲《おそ》いかかってくる。
「伏《ふ》せろ！」
大助《だいすけ》くんの声《こえ》にしたがって、わたしたちはいっせいに伏《ふ》せた。
引《ひ》き戸《ど》は、わたしたちの頭《あたま》のすぐ上《うえ》を飛《と》んでいき、壁《かべ》にあたって壊《こわ》れて落《お》ちた。
開《ひら》いた戸口《とぐち》から、ものすごい風《かぜ》が入《はい》ってくる。
入《はい》った風《かぜ》が、庫裏《くり》のなかで渦《うず》を巻《ま》く。
ミシ、ミシッ、ミシミシッ……！
庫裏《くり》全体《ぜんたい》が、音《おと》を立《た》てている。

「庫裏《くり》が吹《ふ》き飛《と》ばされる！　裏口《うらぐち》から出《で》るぞ！」

大助《だいすけ》くんが、はじめは腰《こし》を落《お》とし、すぐに腹《はら》ばいになりながら、裏口《うらぐち》に向《む》かっていく。

大助《だいすけ》くんが裏口《うらぐち》に向《む》かって走《はし》っていく。

「かえって風《かぜ》が強《つよ》くなる。裏口《うらぐち》を開《あ》けるな！」

拓《た》っくんが、左足《ひだりあし》を引《ひ》きずりながら、大助《だいすけ》くんを止《と》めようとする。

亮平《りょうへい》くんも、わたしも、大助《だいすけ》くんを追《お》おうとした。

吹《ふ》いてくる風《かぜ》で、背中《せなか》を押《お》されて土間《どま》に転《ころ》がった。

ヒュー ッ……！

ガタガタガタ……！

裏口《うらぐち》の引《ひ》き戸《ど》が揺《ゆ》れていたかと思《おも》うと、一気《いっき》に吹《ふ》き飛《と》び、わたしたちに向《む》かって飛《と》んできた。

「うわっ！」

腹《はら》ばいになっている大助《だいすけ》くんがさけぶと同時《どうじ》に、わたしたちも土間《どま》に伏《ふ》せた。

つい、いましがたまで庫裏《くり》の表《おもて》から風《かぜ》が吹《ふ》いていたのに……。

わたしたちは、身体《からだ》を伏《ふ》せたまま、裏口《うらぐち》に急《いそ》いだ。

いちばん先頭《せんとう》を行《い》く大助《だいすけ》くんが、伏《ふ》せた姿勢《しせい》から立《た》ち上《あ》がった。

「わっ！」

そのとたん、前《まえ》からの風《かぜ》に押《お》され、わたしたちのほうに倒《たお》れてきた。

三人《にん》がかりで、大助《だいすけ》くんの身体《からだ》を受《う》け止《と》める。

鎧《よろい》を身《み》にまとった大助《だいすけ》くんの身体《からだ》は重《おも》く、わたしたちは必死《ひっし》に力《ちから》を込《こ》めた。

「だから、いったんだ！」

拓《た》っくんが大助《だいすけ》くんにいう。

「ふふふ……。」

どこからか、不気味《ぶきみ》な笑《わら》い声《ごえ》が聞《き》こえてきたような気《き》がした。

「われらの力《ちから》を思《おも》い知《し》ってくださいませ。ここにお留《とど》まりくださいませ。」

「あの声《こえ》は……。くそっ！　そうはいかん！　おれは留《とど》まらぬ！」

大助《だいすけ》くんがいったとたん――。

ゴゴゴ……ガラガラ……バリバリ……。

轟音《ごうおん》が響《ひび》いた。

「伏《ふ》せろ！　這《は》いつくばれ！」

大助《だいすけ》くんがさけぶ。

わたしは、タイムの上《うえ》から覆《おお》いかぶさって、土間《どま》に伏《ふ》せた。
わたしたちの頭上《ずじょう》で、風《かぜ》がぐるぐる渦巻《うずま》いている。
全体重《ぜんたいじゅう》をかける。
身体《からだ》、浮《う》かないで！　浮《う》いちゃダメ！

7　風《かぜ》とともに去《さ》りぬ？

ガラガラ……バリバリ……。

すごい音《おと》がしつづけている。

風《かぜ》にあおられて、わたし——遠山香里《とおやまかおり》——が着《き》ているシャツやジーンズがばさばさと音《おと》を立《た》てている。

「クゥ〜ン……。」

「だいじょうぶよ。」

わたしは、鳴《な》いているタイムを必死《ひっし》に抱《だ》きしめた。

身体《からだ》が、ふわっと浮《う》き上《あ》がったかと思《おも》うと、一気《いっき》に宙《ちゅう》に上《あ》がりはじめた。下《した》から上《うえ》へ、見《み》えない、ものすごい力《ちから》で身体《からだ》が持《も》ち上《あ》げられていく……。

「うわーっ！」

タイムを抱《だ》きしめたわたしだけじゃない、拓《た》っくん、亮平《りょうへい》くん、真田大助《さなだだいすけ》くんも、宙《ちゅう》に浮《う》いていた。

それだけじゃない。

ばらばらに破壊《はかい》された庫裏《くり》も、宙《ちゅう》に浮《う》いたまま、ぐるぐる回《まわ》っている。

風《かぜ》で足《あし》が巻《ま》き上《あ》がり、身体《からだ》が天地逆《てんちさか》さになった。

眼下《がんか》に境内《けいだい》が見《み》える。

境内《けいだい》には、鎖帷子《くさりかたびら》の上《うえ》から着物《きもの》を着《き》た小柄《こがら》な男《おとこ》の人《ひと》が立《た》っていた。

あれは……猿飛佐助《さるとびさすけ》さん！

佐助《さすけ》さんは、まるで指揮者《しきしゃ》が指揮棒《しきぼう》を手《て》にしているように、あげた両手《りょうて》を大《おお》きく回《まわ》している。

ああやって、竜巻《たつまき》を起《お》こしてるの？

でも、望月六郎《もちづきろくろう》さん、根津甚八《ねづじんぱち》さん、三好清海入道《みよしせいかいにゅうどう》・伊三入道兄弟《いさにゅうどうきょうだい》、穴山小助《あなやまこすけ》さんにつづいて、こんどは猿飛佐助《さるとびさすけ》さん……。

わたしたちをこんな目《め》に遭《あ》わせるなんて、ちょっと、ひどくない？　やりすぎじゃない？

佐助《さすけ》さんの声《こえ》が聞《き》こえてくる。

「大助《だいすけ》さま、あまり、われわれを手《て》こずらせないでいただきたい。」

空中《くうちゅう》のどこにいるかわからないけど、大助《だいすけ》くんの声《こえ》が聞《き》こえてくる。

「父上《ちちうえ》を止《と》めなければならないのだ！」

そう、大助《だいすけ》くんのいうとおり。真田幸村《さなだゆきむら》さんが家康《いえやす》さんを討《う》つのを止《と》めなければ、歴史《れきし》が変《か》わってしまうのだ。

さらに佐助《さすけ》さんの声《こえ》が聞《き》こえる。

「その者《もの》たちも妙《みょう》な術《じゅつ》を使《つか》っているではありませんか！」

わたしたちが持《も》っているペンライトのことだ。

この時代《じだい》に生《い》きる十勇士《じゅうゆうし》たちには怪《あや》しく見《み》えるかもしれないけど……。

佐助《さすけ》さんが、さらに大《おお》きく腕《うで》を回《まわ》しはじめた。

な、なに？　なにをしようとしてるの？

わたしの脳裏《のうり》に、最近《さいきん》テレビで観《み》たアメリカの竜巻《たつまき》をテーマにしたパニック映画《えいが》の映像《えいぞう》が浮《う》かんでいた。逃《に》げそこなった人《ひと》が、一瞬《いっしゅん》にして竜巻《たつまき》に呑《の》みこまれていた。

ま、まさか……。

うわっ、目《め》が……目《め》が回《まわ》る。

き、気持《きも》ち悪《わる》い……。

わたしたちもこのまま風《かぜ》に呑《の》みこまれ、どこか遠《とお》くまで飛《と》ばされてしまうのだろうか。そうなったら奇跡《きせき》でも起《お》きないかぎり、十中八九《じっちゅうはっく》、助《たす》からない。

タイムがしがみついてくる。

わたしも右手《みぎて》でタイムを抱《だ》きしめる。

強《つよ》い風《かぜ》で息《いき》ができない。

次《つぎ》の瞬間《しゅんかん》――。

ものすごい風《かぜ》の力《ちから》で、身体《からだ》ごと持《も》ちあげられるのがわかった。

逆《さか》さの姿勢《しせい》で、ぐるぐる回《まわ》りながら、ぐんぐん上《あ》がっていく。

そのとき――。

「うわっ！　しまった！」

佐助《さすけ》さんの声《こえ》が聞《き》こえた。

なにが「しまった！」なんだろう……。

次《つぎ》の瞬間《しゅんかん》、わたしの身体《からだ》が急速《きゅうそく》に落下《らっか》しはじめた。

高《たか》さは、二階建《かいだ》ての家《いえ》の屋根《やね》より高《たか》そうだった。

地面《じめん》がどんどん近《ちか》づいてくる。

わたしは、右手《みぎて》だけでなく、痛《いた》む左腕《ひだりうで》も回《まわ》して、タイムを抱《だ》きしめた。

うわっ！

吹《ふ》き返《かえ》しのような横《よこ》なぐりの風《かぜ》が吹《ふ》いたかと思《おも》うと、身体《からだ》ごと飛《と》ばされた。

と思《おも》ったら、わたしの身体《からだ》は、なにかにぶつかった。

硬《かた》いものにあたった次《つぎ》の瞬間《しゅんかん》、わたしの身体《からだ》は落下《らっか》しはじめた。

わたしはタイムを抱《だ》きしめたまま、身体《からだ》を丸《まる》くしていた。タイムを守《まも》らなければならないという本能《ほんのう》にしたがうように身体《からだ》が動《うご》いていた。

ガサガサ……バリバリ……ガサガサ……。

これは木《き》の枝《えだ》と葉《は》が立《た》てる音《おと》だ。

境内《けいだい》の木《き》に落《お》ちたのだとわかった。

あれ……？

身体《からだ》が止《と》まった。

目《め》を開《あ》けると周囲《しゅうい》は木《こ》の葉《は》だらけだった。

枝《えだ》に引《ひ》っかかって止《と》まったんだ……。

次《つぎ》の瞬間《しゅんかん》、また落《お》ちた。

バリバリ……ガサガサ……。

背中《せなか》から地面《じめん》にたたきつけられた。

「痛《いた》ーいっ！」

わたしは、タイムを抱《だ》きしめたまま上体《じょうたい》を起《お》こした。

風《かぜ》はやんでいた。

あたりを見《み》まわした。

あちこちから、うめく声《こえ》が聞《き》こえてきた。

わたしは三人《にん》の名前《なまえ》を呼《よ》んだ。

「拓《た》っくん！　亮平《りょうへい》くん！　大助《だいすけ》くん！」

三人《にん》がそれぞれ返事《へんじ》にもならない声《こえ》をあげる。

はじめに立《た》ち上《あ》がって歩《ある》いてきたのは大助《だいすけ》くんだった。さらに亮平《りょうへい》くんと拓《た》っくんも、よれよれになりながら、わたしのほうに近《ちか》づいてくる。

わたしは大助《だいすけ》くんにきいた。

「どうして、急《きゅう》に風《かぜ》がやんだの？」

「佐助《さすけ》は術《じゅつ》をかけている途中《とちゅう》で、自分《じぶん》が起《お》こした風《かぜ》に巻《ま》きこまれて、どこかに飛《と》ばされたみたいだ。」

　さらに大助《だいすけ》くんがきいてきた。

「香里殿《かおりどの》、京都《きょうと》がある方角《ほうがく》、北東《ほくとう》はどっちだ。」

「でも、いっしょに行動《こうどう》したら、また、いまみたいな目《め》に遭《あ》うかもしれないのよ。」

「だから、なんだ？」

「別々《べつべつ》に行動《こうどう》したほうがいいんじゃない？　そうすれば、十勇士《じゅうゆうし》の妨害《ぼうがい》を受《う》けることなく、どちらかが幸村《ゆきむら》さんに追《お》いつけるかもしれない。」

「ふふふ。大助《だいすけ》さまも、こやつらも、どちらも、これ以上《いじょう》、前《まえ》に進《すす》ませるわけにはいかぬ。」

　佐助《さすけ》さんの声《こえ》がしたかと思《おも》うと、また風《かぜ》が吹《ふ》きはじめた。

　声《こえ》がしたほうを見《み》ると、佐助《さすけ》さんがまた両手《りょうて》をあげるところだった。

　また別《べつ》の声《こえ》がした。

「猿飛佐助《さるとびさすけ》。自分《じぶん》が飛《と》ばされるとは情《なさ》けない。」

　根津甚八《ねづじんぱち》さんの声《こえ》がしたかと思《おも》うと、いきなり天《てん》から激《はげ》しい雨《あめ》が降《ふ》りはじめた。豪雨《ごうう》だった。

「うるさいっ。」

　ヒューッ……！

バシャバシャ……。

風《かぜ》と豪雨《ごうう》で、あたりは嵐《あらし》になりはじめた。

わたしは腰《こし》をかがめ一歩一歩《いっぽいっぽ》足《あし》を前《まえ》に出《だ》して、進《すす》みはじめた。

「そっちが北東《ほくとう》なのだな！」

大助《だいすけ》くんの声《こえ》が追《お》いかけてくる。

「ふははは。」

また笑《わら》い声《ごえ》がした。

佐助《さすけ》さんの声《こえ》でも、甚八《じんぱち》さんの声《こえ》でもなかった。

だれ？　だれなの？

その人《ひと》の声《こえ》がつづく。

「風《かぜ》でも水《みず》でも逃《に》げられたら意味《いみ》がないであろう。ゆえに、こうするのだ。よく見《み》ておけ。」

それまで真《ま》っ暗《くら》だった景色《けしき》に、白《しろ》い煙《けむり》のようなものが交《ま》ざりはじめた。

霧《きり》だ……。

それまで何十《なんじゅう》メートルかはあった視界《しかい》がどんどん狭《せま》くなってくる。

わたしたち四人《にん》のあいだにも霧《きり》が入《はい》りこんできて、おたがいの姿《すがた》が薄《うす》ぼんやりとしてくる。

わたしは声《こえ》をかけた。

「拓《た》っくん、亮平《りょうへい》くん、こっち来《き》て。集《あつ》まって。」

大助《だいすけ》くんの声《こえ》が返《かえ》ってくる。

「京都《きょうと》はどっちだ。北東《ほくとう》はどっちだ。」

「この霧《きり》じゃわからないわよ。——拓《た》っくん、亮平《りょうへい》くん、どこ？」

わたしは三百六十度《ど》、まわりを見《み》まわした。

まだ、拓《た》っくんの姿《すがた》も、亮平《りょうへい》くんの姿《すがた》も見《み》えてこない。

どこよ、どこなのよ……。

「拓《た》っくん！　亮平《りょうへい》くん！」

「香里《かおり》ちゃん！」

「香里《かおり》ちゃん、どこだ！」

わたしたちの声《こえ》にかぶさるように、また男《おとこ》の人《ひと》の笑《わら》い声《ごえ》が聞《き》こえる。

「ふははは。猿飛佐助《さるとびさすけ》、根津甚八《ねづじんぱち》、わしの力《ちから》を思《おも》い知《し》ったか。これで、大助《だいすけ》さまもこやつらも方《ほう》角《がく》がわからぬ！　お館《やかた》さまを追《お》うことはできぬ！」

「その声《こえ》は！」

大助《だいすけ》くんが、なにかに気《き》づいて、つぶやいた。

「霧隠才蔵《きりがくれさいぞう》……。」

わたしの脳裏《のうり》に、九度山村《くどやまむら》で出会《であ》ったときの霧隠才蔵《きりがくれさいぞう》さんの姿《すがた》が浮《う》かんでいた。

鎖帷子《くさりかたびら》の上《うえ》から、黒装束《くろしょうぞく》に身《み》を包《つつ》んだ、いかにも忍者《にんじゃ》な男《おとこ》の人《ひと》。やせていて、かっこよかったんだけど……。

あたりに立《た》ちこめる霧《きり》が、どんどん濃《こ》くなっていく。

わたしは、じっとしていた。

いまは動《うご》かないほうがいいと直感《ちょっかん》していた。

そのとき——。

なに、あれ……。

わたしは、立《た》ち込《こ》める真《ま》っ白《しろ》な霧《きり》のなかに、なにかが見《み》えたような気《き》がした。

人《ひと》？　だれ？

わたしは目《め》をこらした。

赤備《あかぞな》えの甲冑《かっちゅう》に身《み》を包《つつ》んだ武将《ぶしょう》……。

でも大助《だいすけ》くんじゃない。おとなだ。

ひょっとして、幸村《ゆきむら》さん？
その幸村《ゆきむら》さんが、刀《かたな》を振《ふ》り上《あ》げながら走《はし》りはじめる。
幸村《ゆきむら》さんの向《む》こうに、だれかいるの？
わたしは身体《からだ》を横《よこ》にずらして見《み》た。
走《はし》ってゆく幸村《ゆきむら》さんの向《む》こう側《そば》には、おどろいた顔《かお》のおじいさんが立《た》っている。
家康《いえやす》さんだ。
家康《いえやす》さんは腰《こし》の刀《かたな》に手《て》をかけようとする。でも腰《こし》に刀《かたな》を差《さ》していない。
家康《いえやす》さんの目《め》の前《まえ》まで迫《せま》った幸村《ゆきむら》さんが大上段《だいじょうだん》から刀《かたな》を振《ふ》り下《お》ろす。
家康《いえやす》さんが刀《かたな》を探《さが》している。
「幸村《ゆきむら》さん、だめ！　斬《き》っちゃだめ！」
わたしはさけんだ。
でも間《ま》に合《あ》わなかった……。
斬《き》られた家康《いえやす》さんが、どうと仰向《あおむ》けに倒《たお》れる。
えっ!?　ええっ!!
どうしよう！　どうしよう!!　幸村《ゆきむら》さんが家康《いえやす》さんを斬《き》っちゃった!!

ああ……。

わたしの身体《からだ》から力《ちから》が抜《ぬ》けていく……。

次《つぎ》の瞬間《しゅんかん》、幸村《ゆきむら》さんと家康《いえやす》さんの姿《すがた》が消《き》えた。

また視界《しかい》は、真《ま》っ白《しろ》な霧《きり》で覆《おお》いつくされた。

いまのは……夢《ゆめ》？　幻覚《げんかく》？

そのとき――。

拓《た》っくんと亮平《りょうへい》くんの悲鳴《ひめい》がどこか下《した》のほうから聞《き》こえてきた。

「うわっ！　落《お》ちる！」

「うわーっ！」

あのふたり、どこかに落《お》ちちゃったの!?

「拓《た》っくん！　亮平《りょうへい》くん！」

わたしは、タイムを抱《だ》きしめたまま、声《こえ》がしたほうへそっと近《ちか》づいていった。

「拓《た》っくん！　亮平《りょうへい》くん！」

わたしは、ふたりの名前《なまえ》を呼《よ》んだ。

「香里《かおり》ちゃん、ここ……。」

亮平《りょうへい》くんの声《こえ》がかすかに聞《き》こえた。

「亮平《りょうへい》くん！　どこ！」

「来《き》ちゃダメ！」

「拓《た》っくんはいる？」

「いっしょ。でも痛《いた》がってる……。」

「助《たす》けにいくよ！」

「香里《かおり》ちゃんも落《お》ちる！」

「だって……。」

わたしは、右足《みぎあし》を一歩前《ぽまえ》に踏《ふ》み出《だ》した。

うわっ！

そこに地面《じめん》はなかった。

右足《みぎあし》を伸《の》ばした姿勢《しせい》のまま、身体《からだ》が落《お》ちていった。

途中《とちゅう》で、背中《せなか》とお尻《しり》がどこかにあたり、滑《すべ》り落《お》ちていく。

滑《すべ》り落《お》ちながら、わたしは、どこからか聞《き》こえてくる声《こえ》を聞《き》いていた。

「な、なにをする！」

大助《だいすけ》くん!?

ぼく——氷室拓哉《ひむろたくや》——は、亮平《りょうへい》といっしょに、それを耳《みみ》にしていた。

「亮平《りょうへい》、いまの大助《だいすけ》くんの声《こえ》だよな。」

「んだ。」

「大助《だいすけ》くんはどこにいるんだ？　痛《いた》っ。」

動《うご》こうとしたら左足《ひだりあし》が痛《いた》んだ。

「拓哉《たくや》、おれが動《うご》くよ。」

亮平《りょうへい》が離《はな》れていく気配《けはい》がした。

「亮平《りょうへい》、大助《だいすけ》くんはいたか？」

返事《へんじ》がない。

「おい、亮平《りょうへい》……。」

まったく、亮平《りょうへい》まで迷子《まいご》になったら、おれたち三人《にん》バラバラになっちゃうじゃないかよ。

ぼくたちは早《はや》いところ幸村《ゆきむら》さんに追《お》いつかないといけないのだ。こんなところで、のんびりしているわけにはいかないのだ。

「おい、亮平《りょうへい》っ。」

やっぱり返事《へんじ》がない。

しかたがない。捜《さが》しにいくか。

ぼくも動《うご》こうとすると、だれかに肩《かた》をつかまれた。

ひっ！

心臓《しんぞう》が止《と》まりそうになった。

だ、だれ……!?

ぼくは声《こえ》を絞《しぼ》りだした。

「だれ？」

「おれだよ、おれ。」

亮平《りょうへい》の声《こえ》だ。

「なんだよ、いたのかよ！」

「えへへ。」

そのとき――。

「きゃっ！」

悲鳴《ひめい》が聞《き》こえた。
香里《かおり》ちゃん!?
ざざざざ……。
次《つぎ》に、なにかこすれるような音《おと》が聞《き》こえてきた。

8 火龍《かりゅう》と水龍《すいりゅう》

身体《からだ》の動《うご》きが止《と》まった。

「痛《いた》たたた……。」

「香里《かおり》ちゃん！」

「だいじょうぶか？」

亮平《りょうへい》くんにつづいて、拓《た》っくんの声《こえ》がした。

霧《きり》が晴《は》れていく。

ふたりの顔《かお》が見《み》えた。

わたし――遠山香里《とおやまかおり》――は、あたりを見《み》まわした。

葦原《あしはら》、河原《かわら》が見《み》えた。

霧《きり》が、どんどん晴《は》れていく。

振《ふ》りあおぐと、そこには高《たか》さ五メートルくらいの河岸段丘《かがんだんきゅう》があり、その上《うえ》に寺《てら》の本堂《ほんどう》が見《み》えた。

あの寺《てら》は低《ひく》い崖《がけ》の上《うえ》に立《た》っていたのだ。

わたしは、立《た》ち上《あ》がった。

亮平《りょうへい》くんに支《ささ》えられて立《た》っている拓《た》っくんがいった。

「いま、大助《だいすけ》くんの声《こえ》が聞《き》こえたような気《き》がするんだけど。」

「あの声《こえ》、やっぱり大助《だいすけ》くんの声《こえ》だったんだ……。」

「だれかに拉致《らち》されてたように聞《き》こえたんだけど。」

亮平《りょうへい》くんがいう。

「だとしたら助《たす》けないと。」

「でも……。」

わたしは躊躇《ちゅうちょ》した。

「どうしたの、香里《かおり》ちゃん。」

拓《た》っくんがきいてくる。

「わたしたち四人《にん》がいっしょにいたら、十勇士《じゅうゆうし》たちの妨害《ぼうがい》を受《う》けるんじゃない？　それくらいなら、大助《だいすけ》くんには悪《わる》いけど、わたしたち三人《にん》だけで幸村《ゆきむら》さんに追《お》いついて、家康《いえやす》さんを討《う》つのを止《と》めないと。」

「しかし、大助《だいすけ》くんを助《たす》けたほうがいいんじゃ……。」

「大助《だいすけ》くんを助《たす》けようとしているうちに、幸村《ゆきむら》さんが家康《いえやす》さんを討《う》ったら、どうするの？　歴史《れきし》が大《おお》きく変《か》わってしまうことになるのよ！」

「じゃあ、香里《かおり》ちゃん、このまま大助《だいすけ》くんを放《ほう》っておくつもり？　大助《だいすけ》くんは、亮平《りょうへい》だけじゃなく、おれたちを何度《なんど》も助《たす》けてくれたんだぜ。」

わたしは、拓《た》っくんとにらみ合《あ》った。

亮平《りょうへい》くんがあいだに入《はい》る。

「幸村《ゆきむら》さんが向《む》かっている京都《きょうと》がある北東《ほくとう》の方角《ほうがく》に向《む》かって歩《ある》こうよ。大助《だいすけ》くんは幸村《ゆきむら》さんを追《お》っているんだ。幸村《ゆきむら》さんを目標《もくひょう》にしていれば、きっと、どこかで大助《だいすけ》くんとも会《あ》えるはずだよ。それで、どうかな。」

「大助《だいすけ》くんと出会《であ》えなかったら、どうするんだよ。」

「いまは、大助《だいすけ》くんのことより、幸村《ゆきむら》さんよ。大助《だいすけ》くんと会《あ》えなくても歴史《れきし》は変《か》わらないけど、幸村《ゆきむら》と会《あ》えないと歴史《れきし》が変《か》わっちゃうのよ。」

わたしと拓《た》っくんは、おたがいに顔《かお》をそむけた。

「まあまあ、おふたりとも。」

亮平《りょうへい》くんが割《わ》って入《はい》って、いう。

「ここで、いい争《あらそ》ってる場合《ばあい》じゃないよ。ちがう？」

さらに亮平《りょうへい》くんが冷静《れいせい》な口調《くちょう》でいう。

「いま、何時《なんじ》くらいかな。」

わたしは夜空《よぞら》を見上《みあ》げた。

月《つき》が、夜空《よぞら》の高《たか》いところに浮《う》かんでいる。

日《ひ》が沈《しず》んですぐの月《つき》は東《ひがし》の低《ひく》い空《そら》に位置《いち》していた。ということは、時間《じかん》が経《た》つにつれて西《にし》に移《い》動《どう》していく。いま高《たか》いところに位置《いち》しているということは……。

「たぶん、午前零時前後《ごぜんれいじぜんご》だと思《おも》う。」

「ってことは、夜明《よあ》けまで六、七時間《じかん》だね。」

「そう、ね。」

「早《はや》くしないと。京都《きょうと》から大坂《おおさか》に向《む》かってる家康《いえやす》さんがどこにいて、その家康《いえやす》を討《う》とうとしている幸村《ゆきむら》さんがどこにいるかわからないけど。明日《あす》の正午《しょうご》ごろまでに、幸村《ゆきむら》さんが大坂城《おおさかじょう》にもどることができなかったら……。」

亮平《りょうへい》くんの身体《からだ》が、ぶるっと震《ふる》える。

「幸村《ゆきむら》さん、きっと、淀殿《よどどの》に討《う》たれる。」

「でも……。」

拓《た》っくんだ。

「幸村《ゆきむら》さんは、豊臣方《とよとみがた》のなかでもトップの武将《ぶしょう》だぜ。そんな武将《ぶしょう》を、遅刻《ちこく》したくらいで討《う》つのかよ。」

「相手《あいて》は淀殿《よどどの》だ。以前《いぜん》に大坂城《おおさかじょう》で会《あ》ったときも、こわかったじゃん。きっと感情《かんじょう》にまかせると思《おも》う。」

拓《た》っくんが少《すこ》し考《かんが》えて、いった。

「おれ、大坂城《おおさかじょう》に行《い》って、淀殿《よどどの》にタイムリミットを延《の》ばしてくれるように頼《たの》もうかな。」

「でもさ、おまえ、その足《あし》じゃん。」

「うっ。」

「おれが大坂城《おおさかじょう》に行《い》くとしても、香里《かおり》ちゃんと、足《あし》を怪我《けが》してる拓哉《たくや》のふたりに、大助《だいすけ》くんと幸《ゆき》村《むら》さんを追《お》わせるわけにはいかない。」

「亮平《りょうへい》、だから、おれの足《あし》のことは気《き》にするな。」

「そうはいかないよ。」

わたしは、ため息《いき》をついた。

「やっぱり幸村《ゆきむら》さんを早《はや》く見《み》つけるほうが先決《せんけつ》じゃない？　幸村《ゆきむら》さんが家康《いえやす》さんを討《う》つのを止《と》めないと、歴史《れきし》が変《か》わっちゃうんだから。」

わたしは夜空《よぞら》を見上《みあ》げ、北極星《ほっきょくせい》の位置《いち》をたしかめると、北東《ほくとう》の方角《ほうがく》を指《ゆび》さした。

「こっちが北東《ほくとう》。」

わたしが指《ゆび》さす方角《ほうがく》には、林《はやし》が広《ひろ》がっていた。

わたしが先頭《せんとう》を切《き》って歩《ある》きはじめたときだった。

「うわっ！」

いきなり背中《せなか》から、なにかに強《つよ》く押《お》されたようにかんじた。

風《かぜ》、だった。

拓《た》っくんに肩《かた》を貸《か》す亮平《りょうへい》くんの身体《からだ》も、風《かぜ》で前《まえ》に押《お》された。

「わははは。」

笑《わら》い声《ごえ》が聞《き》こえた。

「霧《きり》など風《かぜ》が吹《ふ》き飛《と》ばしてくれるわ。」

肩越《かたご》しに振《ふ》り向《む》いた。

鎖帷子《くさりかたびら》の上《うえ》から着物《きもの》を着《き》た猿飛佐助《さるとびさすけ》さんが河岸段丘《かがんだんきゅう》の上《うえ》、つまり境内《けいだい》の端《はし》に立《た》っていた。

その佐助《さすけ》さんが肩越《かたご》しに振《ふ》り向《む》く。

遠《とお》くから、和服姿《わふくすがた》で、胴《どう》の回《まわ》りになにかをたくさんぶら下《さ》げた男《おとこ》の人《ひと》が歩《ある》いてくる。

あれは、望月六郎《もちづきろくろう》さん……。

「ちょ、ちょっと、いったいなんなの！　ねえ、佐助《さすけ》さん！　望月《もちづき》さん！」

「ここで止《と》まれ！　お館《やかた》さまを追《お》うな！」

佐助《さすけ》さんだ。

「そうはいきません！」

「だから、痛《いた》い目《め》に遭《あ》うのだ！」

そういった望月《もちづき》さんが、まるでボールでも投《な》げるように右手《みぎて》を動《うご》かしただけで、手《て》のひらのなかから火《ひ》が発《はっ》せられ、炎《ほのお》が宙《ちゅう》を走《はし》った。

「走《はし》って！」

わたしは、亮平《りょうへい》くん、拓《た》っくんといっしょに走《はし》りはじめた。

佐助《さすけ》さんの頭上《ずじょう》を通《とお》り越《こ》えた炎《ほのお》が、わたしたちを追《お》いかけてきた。
林《はやし》のなかに駆《か》けこむ。
風《かぜ》に乗《の》った炎《ほのお》がうねる。
肩越《かたご》しに振《ふ》り返《かえ》った。
うねっていた炎《ほのお》が、あるものに化《ば》けた。
太《ふと》い尻尾《しっぽ》、太《ふと》く長《なが》い胴体《どうたい》、角《つの》が生《は》えた頭《あたま》。
これは……龍《りゅう》……火《ひ》の龍《りゅう》。
龍《りゅう》の目《め》が赤《あか》く光《ひか》った。
大《おお》きく開《ひら》いた口《くち》のなかに、炎《ほのお》が吸《す》い寄《よ》せられていった。
と思《おも》ったら、火炎放射器《かえんほうしゃき》のように炎《ほのお》が吐《は》き出《だ》された。
ブオォオォ！
わたしたちの周囲《しゅうい》の木《き》がいちどに何十本《なんじっぽん》も炎上《えんじょう》した。
パチパチ、ピシピシ、と音《おと》を立《た》てながら、木々《きぎ》が燃《も》え上《あ》がる。
ブオォオォ！　ブオォオォ！
火《ひ》の龍《りゅう》は、何度《なんど》も炎《ほのお》を吐《は》き出《だ》した。

わたしは、亮平《りょうへい》くんに肩《かた》を借《か》りている拓《た》っくんの背中《せなか》を押《お》しながら走《はし》った。

ブオォォオ！　ブオォォオ！

熱《あつ》い、ものすごく熱《あつ》い。

風《かぜ》といっしょだから、うしろから熱風《ねっぷう》が襲《おそ》ってくる。

わたしは、つんのめった。

うつぶせに倒《たお》れたわたしは、タイムを引《ひ》き寄《よ》せて抱《だ》きかかえ、地面《じめん》の上《うえ》で背中《せなか》を丸《まる》めた。

どこかで声《こえ》がした。

「望月《もちづき》、焼《や》き殺《ころ》すつもりではあるまいな！」

「根津《ねづ》、来《く》るな！」

おそるおそる振《ふ》り返《かえ》った。

火《ひ》の龍《りゅう》のうしろから、水《みず》の龍《りゅう》が追《お》いかけてきていた。

ブオォォオ！　ブオォォオ！

炎《ほのお》が迫《せま》る。

「焼《や》き殺《ころ》させはせん！」

甚八《じんぱち》さんの声《こえ》が聞《き》こえてくる。

ドン！　バシャバシャ……。

わたしたちを包《つつ》みかけていた炎《ほのお》に、水《みず》の玉《たま》が命中《めいちゅう》した。

冷《つめ》たい！

振《ふ》り返《かえ》ると、炎《ほのお》が立《た》ち消《き》えて、水飛沫《みずしぶき》が散《ち》り、林《はやし》から白《しろ》い煙《けむり》があがっている。

後方《こうほう》の空中《くうちゅう》では、火《ひ》の龍《りゅう》と水《みず》の龍《りゅう》が向《む》き合《あ》い、たがいに攻撃《こうげき》を仕掛《しか》けあっていた。

まるで「火炎放射器《かえんほうしゃき》vs.《バーサス》放水車《ほうすいしゃ》」の対決《たいけつ》だった。

「こら、火《ひ》の龍《りゅう》、やめんか！」

「こら、水《みず》の龍《りゅう》、やめんか！」

望月《もちづき》さんと甚八《じんぱち》さんが叱《しか》りつけるが、火《ひ》の龍《りゅう》も水《みず》の龍《りゅう》も主人《しゅじん》のいうことは聞《き》かず、たがいがたがいを攻撃《こうげき》し、暴走《ぼうそう》しつづけていた。

いまのうちに逃《に》げよう！

わたしは、拓《た》っくんと亮平《りょうへい》くんに目《め》で合図《あいず》を送《おく》った。

わたしたちが走《はし》っていると、ふたたび、あたりに霧《きり》が立《た》ちこめはじめた。

また、視界《しかい》が狭《せま》くなってくる。

霧隠才蔵《きりがくれさいぞう》さんの声《こえ》。

「ふふふ。望月《もちづき》と甚八《じんぱち》がケンカをしている、いまのうちだ。わしが止《と》めてくれる。おや？　大助《だいすけ》さまはどこだ。」

わたしは、どこにいるかわからない才蔵《さいぞう》さんに向《む》かって、きいた。

「大助《だいすけ》くんは、どこにいるの？」

「さて。」

「霧《きり》のなかでいなくなったのよ。」

そのときだった。

「うわっ。」

「やめろよ。」

拓《た》っくんと亮平《りょうへい》くんの声《こえ》が聞《き》こえたと思《おも》ったら、拓《た》っくんの気配《けはい》も、亮平《りょうへい》くんの気配《けはい》も消《き》えていた。

「拓《た》っくん!?　亮平《りょうへい》くん!?」

返事《へんじ》がない。

ゴロリ……ゴロリ……ゴロリ……。

地響《じひび》きのような音《おと》が聞《き》こえてきた。

この音《おと》は……。

ゴロリ……ゴロリ……ゴロリ……。

笑《わら》い声《ごえ》が聞《き》こえてくる。

才蔵《さいぞう》さんの声《こえ》が聞《き》こえてくる。

「うひゃひゃひゃ。」

「邪魔《じゃま》をするな、小助《こすけ》の爺《じい》っ！」

「うひゃひゃひゃ。」

霧《きり》のあいだから、岩《いわ》の壁《かべ》があらわれた。

いや、ちがう。

壁《かべ》じゃない。

あの巨大《きょだい》な岩《いわ》が転《ころ》がってきているのだ。

目《め》をこらして見《み》た。

岩《いわ》のうしろには右手《みぎて》に樫棒《かしぼう》をにぎった三好清海入道《みよしせいかいにゅうどう》がいて、左手《ひだりて》で岩《いわ》を押《お》し転《ころ》がしている。清《せい》海入道《かいにゅうどう》のうしろには、右手《みぎて》に大鉈《おおなた》をにぎった伊三入道《いさにゅうどう》がいて、左手《ひだりて》に縄《なわ》の端《はし》をにぎっている。

その縄《なわ》の先《さき》には……！

拓《た》っくんと亮平《りょうへい》くんが、うしろ手《で》、背中合《せなかあ》わせの姿勢《しせい》で、ひとくくりにされ、横歩《よこある》きさせられている！

さらに岩《いわ》の上《うえ》には、小《ちい》さな穴山小助《あなやまこすけ》さんが立《た》ち、ぴょんぴょん跳《と》びはねている。

その小助《こすけ》さんの声《こえ》が聞《き》こえる。

「ほれ、香里《かおり》、逃《に》げろ、逃《に》げろ。逃《に》げないと轢《ひ》かれちゃうぞ。うひゃひゃひゃ。」

わたしは、懸命《けんめい》に走《はし》って逃《に》げた。

「お館《やかた》さまを追《お》わないと約束《やくそく》するなら、やめてやる。」

「いや！　やめない！」

「ならば、ずっと、追《お》われることになるぞ。うひゃひゃひゃ。」

「じょ、冗談《じょうだん》じゃないわよ！」

走《はし》って逃《に》げていると、うしろから拓《た》っくんと亮平《りょうへい》くんの声《こえ》が聞《き》こえてきた。

「香里《かおり》ちゃん！　逃《に》げろ！　痛《いて》て。」

「拓哉《たくや》、足《あし》、だいじょうぶか！」

「いま、痛《いた》いのは、手首《てくび》だよ、手首《てくび》！　亮平《りょうへい》だって、そうだろう！　くそっ、なんとかしないと！　亮平《りょうへい》、手首《てくび》を動《うご》かせるか！　ほどけるか！」

ふたりの手首《てくび》を縛《しば》る縄《なわ》をつかんでいる伊三入道《いさにゅうどう》が笑《わら》う。

「わははは。ほどこうとしても無理《むり》だ！」

わたしは走《はし》りながら、肩越《かたご》しに振《ふ》り向《む》いた。

いま、拓《た》っくんと亮平《りょうへい》は縄《なわ》をほどこうとしている。

ゴロリ……ゴロリ……ゴロリ……。

岩《いわ》が追《お》いかけてくる。

「クゥ～ン……。」

わたしの腕《うで》のなかでタイムが小《ちい》さく鳴《な》く。

「だいじょうぶよ。」

わたしはタイムに声《こえ》をかけながら、自分自身《じぶんじしん》にもいい聞《き》かせた。

そのときだった。

拓《た》っくんの声《こえ》が聞《き》こえてきた。

「亮平《りょうへい》、いまだ！」

「よっしゃ！」

「な、なんだ!?」

伊三入道《いさにゅうどう》の声《こえ》がした。

拓《た》っくんと亮平《りょうへい》くんが入道《にゅうどう》にぶつかっていった。ふたりは縄《なわ》をほどくのに成功《せいこう》したのだ。

「うわっ!」

伊三入道《いさにゅうどう》の身体《からだ》がもつれ、けんけんをするように、足《あし》をばたつかせたかと思《おも》うと、巨大《きょだい》な岩《いわ》を転《ころ》がしている清海入道《せいかいにゅうどう》にぶつかっていった。

「うわっ! こら、伊三入道《いさにゅうどう》!」

清海入道《せいかいにゅうどう》と伊三入道《いさにゅうどう》が、もつれて倒《たお》れた。

巨大《きょだい》な岩《いわ》が動《うご》きを止《と》めた。

「香里《かおり》ちゃん!」

「やったぞ!」

亮平《りょうへい》くんと拓《た》っくんが走《はし》ってくる。

「いまのうちに先《さき》を急《いそ》ぎましょ!」

わたしは、拓《た》っくんと亮平《りょうへい》くんに声《こえ》をかけた。

そのとき——。

「小癪《こしゃく》な真似《まね》を!」

小助《こすけ》さんの声《こえ》がした。

霧《きり》のなかで、背後《はいご》の巨大《きょだい》な岩《いわ》が浮《う》き上《あ》がるのが見《み》えた。

岩《いわ》の上《うえ》に立《た》った小助《こすけ》さんが、両手《りょうて》をあげたまま笑《わら》っていた。

林《はやし》の低《ひく》い位置《いち》を埋《う》めている笹《ささ》の葉《は》が、いっせいに浮《う》き上《あ》がったかと思《おも》うと、まるで手裏剣《しゅりけん》のように飛《と》んできた。

9　変幻自在《へんげんじざい》の男《おとこ》？

先《さき》のとがった笹《ささ》の葉《は》が、わたし――遠山香里《とおやまかおり》――、拓《た》っくん、亮平《りょうへい》くんをめがけて飛《と》んでくる。

たかが笹《ささ》の葉《は》、と思《おも》っていたら……。

シャツを着《き》た背中《せなか》、ジーンズをはいたお尻《しり》、足《あし》に、ちくちくと突《つ》き刺《さ》さってくる。

ちょ、ちょっと、なに、これ、痛《いた》い！

わたしたち三人《にん》は、フライパンにのったギンナンのように、跳《と》びはねながら逃《に》げた。

そのとき――。

霧《きり》のなかから、だれかの手《て》が出《で》てきた……。

わたしは左腕《ひだりうで》を引《ひ》っぱられた。

「ちょ、ちょっと痛《いた》い！　っていうか、あなた、だれ！」

その腕《うで》の主《ぬし》は、わたしの言葉《ことば》を無視《むし》して引《ひ》っぱる。

わたしは腕《うで》を振《ふ》って、抵抗《ていこう》した。

でも、引《ひ》っぱる力《ちから》のほうが強《つよ》かった。

背後《はいご》からは、笹《ささ》の葉《は》攻撃《こうげき》がいつまでもつづいていた。

息《いき》が切《き》れ、足《あし》がふらつきはじめたところで、ようやく、わたしの腕《うで》を引《ひ》っぱっている人《ひと》の足《あし》も止《と》まった。

拓《た》っくんと亮平《りょうへい》くんが追《お》いつく。

追《お》いついた拓《た》っくんと亮平《りょうへい》くんが、わたしの背中《せなか》を見《み》て笑《わら》った。

「まるでヤマアラシだ。」

わたしも、拓《た》っくんと亮平《りょうへい》くんにいった。

「ふたりもよ。」

わたしたちの背中《せなか》には、笹《ささ》の葉《は》がたくさん突《つ》き刺《さ》さっていたのだ。

「んもう、チクチクして痛《いた》ったらありゃしない！」

そういいながら、わたしは拓《た》っくんの背中《せなか》の笹《ささ》の葉《は》を、拓《た》っくんは亮平《りょうへい》くんの背中《せなか》の笹《ささ》の葉《は》を払《はら》う。

すーっと霧《きり》が晴《は》れた。

わたしの腕《うで》を引《ひ》っぱっていた人《ひと》の顔《かお》が見《み》えはじめた。

わたしの腕《うで》を引《ひ》っぱっていたのは、真田大助《さなだだいすけ》くんだった!!

「大助《だいすけ》くん、あのっ……。」

タイムを抱《だ》きしめたまま、わたしが口《くち》を開《ひら》くと、大助《だいすけ》くんが口《くち》の前《まえ》に右手《みぎて》の人差《ひとさ》し指《ゆび》を立《た》てた。

「しっ。——こっちへ。」

大助《だいすけ》くんはそういいながら林《はやし》の奥《おく》に入《はい》っていく。笹藪《ささやぶ》に隠《かく》れた。

笹藪《ささやぶ》に隠《かく》れてから、大助《だいすけ》くんは、来《き》た道《みち》を振《ふ》り返《かえ》った。

林《はやし》のなかの道《みち》に巨大《きょだい》な岩《いわ》が見《み》えた。

わたしたちが隠《かく》れている笹藪《ささやぶ》からは二十メートルくらい離《はな》れている。

岩《いわ》のそばには、三好清海入道《みよしせいかいにゅうどう》と伊三入道《いさにゅうどう》が、岩《いわ》の上《うえ》には穴山小助《あなやまこすけ》さんが立《た》って、あたりをきょろきょろ見《み》まわしている。

わたしたちは、笹藪《ささやぶ》に隠《かく》れて、じっと息《いき》をひそめていた。

腕《うで》のなかのタイムが、わたしの顔《かお》を見上《みあ》げている。

わたしは、タイムに目《め》で「だまってて。」と合図《あいず》した。

タイムが目《め》を伏《ふ》せ、わたしの胸《むね》に顔《かお》を埋《うず》める。

清海入道《せいかいにゅうどう》と伊三入道《いさにゅうどう》が、藪《やぶ》のなかに足《あし》を踏《ふ》み入《い》れてきた。

笹《ささ》を掻《か》き分《わ》ける音《おと》が聞《き》こえてくる。

わたしたち四人《にん》と一匹《ぴき》は息《いき》をひそめつづけなければならなかった。

清海入道《せいかいにゅうどう》と伊三入道《いさにゅうどう》の声《こえ》が聞《き》こえてくる。

「伊三《いさ》、いたか。」

「いや、いねえ。」

さらに小助《こすけ》さんの声《こえ》が聞《き》こえてくる。

「どうせ、また、すぐに見《み》つかる。放《ほう》っておけ。」

清海入道《せいかいにゅうどう》と伊三入道《いさにゅうどう》は巨大《きょだい》な岩《いわ》のほうへ足早《あしばや》にもどっていった。

清海入道《せいかいにゅうどう》が樫棒《かしぼう》を、伊三入道《いさにゅうどう》が大鉈《おおなた》を振《ふ》りかざし、巨大《きょだい》な岩《いわ》をたたいた。

清海入道《せいかいにゅうどう》がいう。

「なにゆえ、小助《こすけ》の爺《じじい》に命《めい》じられねばならんのだ！　なあ、伊三入道《いさにゅうどう》。」

「そうじゃ、兄者《あにじゃ》のいうとおりじゃ！」

大助《だいすけ》くんが小声《こごえ》でいう。

「行《い》こう。音《おと》を立《た》てるな。」

わたしたちは、音《おと》を立《た》てないように、ゆっくりと笹《ささ》の葉《は》のあいだを抜《ぬ》けて、歩《ある》いていった。

振《ふ》り向《む》いても巨大《きょだい》な岩《いわ》が見《み》えなくなったところで、わたしたちは、それぞれ切《き》り株《かぶ》に腰《こし》かけ、疲《つか》れた足《あし》を伸《の》ばした。

水気《みずけ》を飛《と》ばすために身体《からだ》をぶるぶるさせたタイムは寝《ね》そべると、わたしの足首《あしくび》のあたりに顎《あご》をのせた。上目遣《うわめづか》いで、わたしのほうを見《み》て、なにかを訴《うった》えてくる。

「クゥ〜ン……。」

「なに？　タイム。」

タイムは、大助《だいすけ》くんのほうを、ちらっと見《み》ている。

タイムは、なにを訴《うった》えているんだろう。

わたしは、大助《だいすけ》くんにきいた。

「ねえ、これまで、どこに行《い》ってたの？　というか、消《き》えてたの？」

拓《た》っくんと亮平《りょうへい》くんも、大助《だいすけ》くんの顔《かお》を見《み》つめている。

「あ、ああ、あのときね……。」

大助《だいすけ》くんが、どこか気《き》のない返事《へんじ》をしてくる。

「どこで、なにをしてたの？」

「うむ……。」

大助《だいすけ》くんは少《すこ》し間《ま》を置《お》いてから、話《はな》しはじめた。

「あのとき、ほら、霧《きり》が発生《はっせい》したとき、わしはおまえたちとはぐれた。」

「うん。」

自分《じぶん》のことを「わし」だって。急《きゅう》にオヤジ臭《くさ》くなった。

それに、これまで、わたしたちのことを「君《きみ》たち」といってくれていたのに「おまえたち」だって……。

拓《た》っくんと亮平《りょうへい》くんはそのことに気《き》づいていないようだけど、ちょっとムカつく……。

「そのあと、どうしてたの？」

「も、もちろん、お館《やかた》さま、いや父《ちち》を捜《さが》しまわっておった。」

「幸村《ゆきむら》さんを？」

「そうじゃ。ん？　おまえたちは、お館《やかた》さま、いや、父《ちち》に会《あ》いたいのではないか？　徳川家康《とくがわいえやす》を討《う》つのを止《と》めたいのではないか？」

「そう、だけど……。」

あの廃寺《はいじ》に着《つ》いたときは、わたしたちのことなど無視《むし》して単独行動《たんどくこうどう》をとろうとしていたはず……。

「ゆえに、いま父《ちち》がどこにいるかを捜《さが》していたのだ。」

「それは、どこなの？」

「この先《さき》だ。」

「この先《さき》って？」

「ついてくればわかる。——さあ、行《い》こう。」

大助《だいすけ》くんが立《た》ち上《あ》がる。

拓《たく》っくんと亮平《りょうへい》くんが腰《こし》を浮《う》かせたけど、わたしは切《き》り株《かぶ》にすわったまま、大助《だいすけ》くんにいった。

「ちょっと待《ま》って。」

「なんだ。」

「いま、家康《いえやす》さんはどこまで来《き》てて、幸村《ゆきむら》さんはどこまで行《い》ってるの？」

「家康《いえやす》は京都《きょうと》を出《で》たばかり。父《ちち》は家康《いえやす》の近《ちか》くまで行《い》っている。」

「具体的《ぐたいてき》には？」

「は？」

「家康《いえやす》さんと幸村《ゆきむら》さんのあいだは、どれくらいの距離《きょり》があるの？　さっきは七、八里《り》くらいっていってたけど。」

「そうか、だとしたら、いまは、その半分《はんぶん》くらいだ。」

双方《そうほう》が同《おな》じ速《はや》さで歩《ある》いたら一時間半《じかんはん》から二時間《じかん》くらいで出会《であ》う計算《けいさん》になる。

「さあ、行《い》くぞ。」

「わたしたちがいるところから幸村《ゆきむら》さんがいるところまではどれくらいの距離《きょり》があるの？　さっきは一里《り》くらいだったけど。」

大助《だいすけ》くんがいらだつ。

「それは変《か》わっていない。だから急《いそ》がねばならんのだ。」

「そうだよね。淀殿《よどどの》も幸村《ゆきむら》さんの帰《かえ》りを待《ま》っていることだしね。」

「淀殿《よどどの》が？」

「そうだったでしょ？」

「あ、ああ、そうだった、そうだった。」

ん？　どこか、おかしい。

わたしは得《え》もいえぬ違和感《いわかん》のようなものを覚《おぼ》えていた。

大助《だいすけ》くんは、急《きゅう》に物覚《ものおぼ》えが悪《わる》くなったのだろうか。

その大助《だいすけ》くんが、また、いらだつ。

「さあ、行《い》くぞ。」

わたしは、大助《だいすけ》くんをじっと見上《みあ》げた。

大助《だいすけ》くんが、さっと視線《しせん》をそらす。

わたしは、大助《だいすけ》くんから視線《しせん》をそらさないまま立《た》ち上《あ》がった。

大助《だいすけ》くんを先頭《せんとう》に、タイム、わたし、拓《た》っくん、亮平《りょうへい》くんの順《じゅん》で、林《はやし》のなかを早足《はやあし》で歩《ある》きつづけた。

三十分以上《ぷんいじょう》、早足《はやあし》で歩《ある》きつづけたけど、わたしたちは幸村《ゆきむら》さんに追《お》いつかなかった。

おかしい。やっぱり、おかしい。

これだけ急《いそ》いで歩《ある》いてきたのだ……。

さっきの大助《だいすけ》くんの話《はなし》を信《しん》じれば、そろそろ幸村《ゆきむら》さんに追《お》いついてもおかしくないはず。

大助《だいすけ》くんは、ほんとうに幸村《ゆきむら》さんを捜《さが》していたのだろうか。

わたしは立《た》ち止《ど》まった。

「ねえ、大助《だいすけ》くん……。」

大助《だいすけ》くんだけでなく、拓《た》っくん、亮平《りょうへい》くんも立《た》ち止《ど》まる。

大助《だいすけ》くんが、わたしたちに背中《せなか》を向《む》けたまま、声《こえ》を発《はっ》した。

「なんだ？」

わたしのなかの違和感《いわかん》が、だんだん、はっきりしてくる。

「あなた、ほんとうに大助《だいすけ》くん？」

亮平《りょうへい》くんが首《くび》をかしげる。

「香里《かおり》ちゃん、どういうこと？」

「なんか、へんなのよ。」

わたしは、もういちど大助《だいすけ》くんにきいた。

「あなた、だれ？」

拓《た》っくんが前《まえ》に出《で》て、いう。

「香里《かおり》ちゃんがきいているのに、どうして、なにも答《こた》えないんだよ。」

そのとき、霧《きり》が漂《ただよ》いはじめた。

でも霧隠才蔵《きりがくれさいぞう》さんが発生《はっせい》させてきたように、急《きゅう》にというわけではない。

返事《へんじ》をしない大助《だいすけ》くんが、ゆっくりとわたしたちの周囲《しゅうい》を歩《ある》きはじめた。

「ワン！」

タイムが、大助《だいすけ》くんにまとわりつきながら吠《ほ》えている。

「大助《だいすけ》くん、そんなことしてないで、ちゃんと答《こた》えて。」

亮平《りょうへい》くんが大助《だいすけ》くんのほうに手《て》を出《だ》す。

「大助《だいすけ》くん！　なにやってるんだよ！」

でも大助《だいすけ》くんは、器用《きよう》によける。

大助《だいすけ》くんの動《うご》きが少《すこ》しずつ速《はや》くなる。

しゅるしゅる……。

この音《おと》はなに？　ひょっとして……縄《なわ》!?　えっ!?

「ちょっと、なにをしてるの。——あっ、ああっ！」

気《き》がついたときには、わたし、拓《た》っくん、亮平《りょうへい》くんの三人《にん》は、まとめて縄《なわ》でぐるぐる巻《ま》きにされていた。縄《なわ》があたった左腕《ひだりうで》が痛《いた》んだ。

「ちょ、ちょっと、痛《いた》い、大助《だいすけ》くん！　なにをするのよ！」

「なにをするんだよ！」

「ほどいてくれよ！」

拓《た》っくんと亮平《りょうへい》くんも抗議《こうぎ》する。

「ワン！　ワンワン！」

タイムが大助《だいすけ》くんに跳《と》びかかっていく。

でも大助《だいすけ》くんは、左手《ひだりて》でタイムをはねのけた。

「ヒャン！」

タイムがうしろ向《む》きに転《ころ》がる。尻餅《しりもち》をついた姿勢《しせい》になったタイムの目《め》が回《まわ》っている。頭《あたま》の上《うえ》には、くるくると小鳥《ことり》が飛《と》びまわっているように見《み》えた。

わたしは身体《からだ》をよじらせてもがいた。

でも思《おも》った以上《いじょう》に、きつくしばられている。

大助《だいすけ》くんは、わたしの右《みぎ》どなりに立《た》っている拓《た》っくんの左足《ひだりあし》を蹴《け》った。

「がっ！」

拓《た》っくんが悲鳴《ひめい》をあげ、そのままくずれ落《お》ちた。それに引《ひ》きずられるように、亮平《りょうへい》くんもわたしも腰《こし》を落《お》とすことになった。

どうして大助《だいすけ》くんがこんなことをするのか……。

ううん。ちがう、そうじゃない。

わたしは、大助《だいすけ》くんをにらみあげた。

背中合《せなかあ》わせになっている拓《た》っくんと亮平《りょうへい》くんが、わたしにきいてくる。

「香里《かおり》ちゃん……。」

「……どういうこと？」

わたしは、ふたりにいった。

「気《き》がつかない？」

「なにを？」

右《みぎ》どなりの拓《た》っくんが首《くび》をかしげる。

「わたしたちが知《し》っている大助《だいすけ》くんは、自分《じぶん》のことを『わし』なんていわない。幸村《ゆきむら》さんのことを『父《ちち》』じゃなくて『父上《ちちうえ》』っていってた。わたしたちのことを『おまえたち』じゃなくて『君《きみ》たち』っていってた。」

「そうだっけ？」

拓《た》っくんがいう。

わたしは、つづけた。

「淀殿《よどどの》が待《ま》っていることも知《し》らないようだったし、それに、だいいち、こんなにオヤジ臭《くさ》くなかった。」

「ワン！」

タイムが吠《ほ》える。

わたしはタイムにいった。

「タイムは気《き》づいてたのね。」

「ワン！」

拓《た》っくんが呆然《ぼうぜん》とした顔《かお》できく。

「じゃあ、この人《ひと》は、だれなの？　大助《だいすけ》くんの双子《ふたご》？」

左《ひだり》どなりの亮平《りょうへい》くんが首《くび》を横《よこ》に振《ふ》る。

「真田大助《さなだだいすけ》が双子《ふたご》だったなんて聞《き》いたことない。」

「じゃあ、だれなんだよ。」

「知《し》るかよ。」

わたしは、大助《だいすけ》くんにきいた。

「あなたは……。」

「……。」

なにも答《こた》えないまま、大助《だいすけ》くんはわたしたちのまわりをゆっくりと歩《ある》きはじめた。

拓《た》っくんが大声《おおごえ》を出《だ》す。

「だれだよ！」

すると大助《だいすけ》くんは、拓《た》っくんの前《まえ》にしゃがんで、顔《かお》を見合《みあ》わせるかたちになった。

「だれなんだろうねえ。」

「どういうことだよ。」

そうしたら……。

えっ⁉　マジ⁉

わたしは、自分《じぶん》の目《め》を疑《うたが》った。

大助《だいすけ》くんの顔《かお》が、拓《た》っくんに変化《へんか》してしまったのだ。

「うわっ！　おれ……おれの顔《かお》……⁉」

拓《た》っくんの声《こえ》が脅《おび》える。

右《みぎ》を見《み》ると、拓《た》っくんは目《め》を見開《みひら》き、頬《ほお》を引《ひ》きつらせている。

「うわっ！　た、拓哉《たくや》じゃないか！」

「りょ、亮平《りょうへい》、おれは、ここだ！　こいつは、おれじゃない！」

「だってさ……。」

拓《た》っくんの前《まえ》にしゃがんでいる「拓《た》っくん」の顔《かお》の人《ひと》が、わたしのうしろを回《まわ》り、左《ひだり》どなりの亮平《りょうへい》くんの前《まえ》にしゃがんだ。

すると、こんどは「拓《た》っくん」の顔《かお》が、「亮平《りょうへい》くん」に変化《へんか》した。

「ぎゃ、ぎゃあ！」

亮平《りょうへい》くんが悲鳴《ひめい》をあげる。

なに!?　なんなの!?

目《め》の前《まえ》にいる人《ひと》の顔《かお》に……次々《つぎつぎ》と変化《へんか》しちゃってる！　カメレオン!?　ううん、カメレオンでもない!?　顔《かお》が変幻自在《へんげんじざい》に変《か》わっているのだ。

いま、わたしたちの目《め》の前《まえ》にいる、この人《ひと》、いったいなんなのよ！

「亮平《りょうへい》くん」の顔《かお》の人《ひと》は、こんどは、わたしの前《まえ》にしゃがもうとした。

わたしはさけんだ！

「タイム！」

わたしがいいおわる前《まえ》に、タイムが「亮平《りょうへい》くん」の顔《かお》の人《ひと》の胸《むね》に飛《と》びこんだ。

顔《かお》を見合《みあ》わせるかたちになった。

「うわっ……うわああ！」

さすがに犬《いぬ》の顔《かお》にはなりきれないらしく、目《め》の前《まえ》に立《た》っている人《ひと》の顔《かお》は混乱《こんらん》をきたしてしまっていた。

亮平《りょうへい》くんの顔《かお》になりかけた……と思《おも》ったら……拓《た》っくんの顔《かお》になり……亮平《りょうへい》くんの顔《かお》になり……タイムの顔《かお》になりかけ……ぐるぐると高速《こうそく》で変化《へんか》していく。

古《ふる》いタイプのスロットマシンのリールの「シンボル」と呼《よ》ばれるイラストが、ぐるぐる回《まわ》っているのに似《に》ていた。

高速《こうそく》で変《か》わっていた顔《かお》が、だんだんゆっくりとした動《うご》きになっていったかと思《おも》うと、最後《さいご》に、ある顔《かお》に落《お》ち着《つ》いた。

気《き》がついたときには、大助《だいすけ》くんの鎧姿《よろいすがた》も変《か》わって、目《め》の前《まえ》の男《おとこ》の人《ひと》が着《き》ているものは、赤《あか》く、裾《すそ》が長《なが》い、「婆娑羅《ばさら》」と呼《よ》ばれるものに変《か》わっていた。

わたしは、男《おとこ》の人《ひと》の顔《かお》を指《ゆび》さした。

「えっ！　あっ！」

男《おとこ》の人《ひと》は、自分《じぶん》の顔《かお》を触《さわ》ってから、いった。

「おれの顔《かお》だ……くそっ。」

ってことは……この男《おとこ》の人《ひと》は……由利鎌之介《ゆりかまのすけ》さん……。

鎌之介《かまのすけ》さんは、自分《じぶん》の顔《かお》を触《さわ》りつづけている。

わたしは鎌之介《かまのすけ》さんにいった。

「いったいどういうことなんですか？」

立《た》ち上《あ》がった鎌之介《かまのすけ》さんは自分《じぶん》の顔《かお》から手《て》を離《はな》してから、ため息《いき》をついた。

「ふっ。自分《じぶん》の顔《かお》にもどってしまうとはな。」

そして、わたしたちを見下《みお》ろして、いう。

「また、おまえたちに会《あ》うことになるとは……。」

「そんなことより、大助《だいすけ》くんはどうなっちゃったんですか？」

「ふふふ。」

鎌之介《かまのすけ》さんが笑《わら》う。

「大助《だいすけ》さまを捕《つか》まえ、このおれがなりかわっただけのこと。」

「なりかわっただけのこと、って……じゃあ、大助《だいすけ》くんはどうなっちゃったんですか？」

「どうなった、とは？」

まさか、大助《だいすけ》くんは、鎌之介《かまのすけ》さんの手《て》にかかって……。

「それは……。」

鎌之介《かまのすけ》さんが、ふっと笑《わら》う。

「大助《だいすけ》さまが、おれに斬《き》られたとでも思《おも》うたか。ふふふ。心配《しんぱい》するな。大助《だいすけ》さまを斬《き》ってなどおらぬ。」

少《すこ》しずつ霧《きり》が濃《こ》くなっていっている。

わたしのそばにいたタイムの姿《すがた》も見《み》えないくらい。

そのとき――。

「ふふふ。」

「ふははは。」

「うひゃひゃひゃ。」

いくつもの、くぐもったような笑《わら》い声《ごえ》が聞《き》こえてきた。

背中《せなか》がぞわっとし、鳥肌《とりはだ》が立《た》った。

鎌之介《かまのすけ》さんが、派手《はで》な着物《きもの》の裾《すそ》をひるがえして、笑《わら》った。

「わはははは。」

霧《きり》が一気《いっき》に晴《は》れた。

わたしは、わが目《め》を疑《うたが》った。

西《にし》にかたむいた月《つき》の光《ひかり》がさしこむ林《はやし》のなかの空《あ》き地《ち》に、望月六郎《もちづきろくろう》さん、根津甚八《ねづじんぱち》さん、三好清《みよしせい》海入道《かいにゅうどう》・伊三入道《いさにゅうどう》、穴山小助《あなやまこすけ》さん、猿飛佐助《さるとびさすけ》さん、霧隠才蔵《きりがくれさいぞう》さん、そして、わたしたちを縄《なわ》でしばった由利鎌之介《ゆりかまのすけ》さんが立《た》ち、わたしたちは取《と》り囲《かこ》まれてしまっていた。

いったい、いつのまに……。

わたしたちを取《と》り囲《かこ》む列《れつ》に加《くわ》わった鎌之介《かまのすけ》さんが、いった。

「ここまで、よく来《こ》られたものだと感心《かんしん》している。だが、ここが、おまえたちの限界《げんかい》だ。いますぐに未来《みらい》に帰《かえ》れ。」

そこで三好清海入道《みよしせいかいにゅうどう》が、わたしたちのほうに近《ちか》づいてきながら、いう。

「こいつらが、素直《すなお》にいうことを聞《き》くとは思《おも》えぬ。未来《みらい》に帰《かえ》るまで、見張《みは》っていたほうがよいぞ。」

伊三入道《いさにゅうどう》も近《ちか》づいてくる。

「鎌之介《かまのすけ》、兄者《あにじゃ》のいうとおりだ。」

清海入道《せいかいにゅうどう》が、わたしたちを見下《みお》ろす。

「さあ、帰《かえ》れ！」

「だ、だったら……この縄《なわ》をほどいてください！　ほどいてくれないと帰《かえ》れません！」

わたしはいう。

「それはできん。」

「だったら、わたしたちも未来《みらい》に帰《かえ》りません！」

「なんだと？」

さらに清海入道《せいかいにゅうどう》が舌打《したう》ちをして、つぶやく。

「くそっ、もう時《とき》がないというに……。」

「それ、どういうことですか？」

わたしがきこうとしたときだった。

伊三入道《いさにゅうどう》が「ん？」となにかに気《き》づいて、いった。

「兄者《あにじゃ》、いつも、こいつらといっしょにいる犬《いぬ》が見当《みあ》たらぬぞ。」

「なに？」

えっ!?　タイム、どこ……？

わたしがきょろきょろと見回《みまわ》していると、背中合《せなかあ》わせになっている拓《た》っくんが小声《こごえ》でいった。

「香里《かおり》ちゃん、だいじょうぶ。」

「どういうこと？」

「亮平《りょうへい》は、わかってるな？」

「了解《りょうかい》。」

「香里《かおり》ちゃん、おれが合図《あいず》したら、立《た》ち上《あ》がれるから。」

「えっ!?」

すぐに拓《た》っくんが合図《あいず》した。

「せーのっ！」

次《つぎ》の瞬間《しゅんかん》、身体《からだ》の縄《なわ》がはらりとほどけた。

視界《しかい》に、縄《なわ》の切《き》れ端《はし》をくわえたタイムが見《み》えた。タイムが口《くち》で縄《なわ》をかみ切《き》ってくれたのだ。

わたしと拓《た》っくんが清海入道《せいかいにゅうどう》の両足首《りょうあしくび》に、亮平《りょうへい》くんとタイムが伊三入道《いさにゅうどう》の両足首《りょうあしくび》に飛《と》びついた。左腕《ひだりうで》が痛《いた》いけど、そんなことはいっていられなかった。

「うわーっ！」

「なにをする！」

清海入道《せいかいにゅうどう》と伊三入道《いさにゅうどう》がそれぞれ別《べつ》の方向《ほうこう》に、ほかの十勇士《じゅうゆうし》たちを巻《ま》きこみながら、どぅと倒《たお》れた。

その一瞬《いっしゅん》の間《ま》を見計《みはか》らって、わたしたち三人《にん》と一匹《ぴき》は駆《か》けだした。

まず、タイムとわたしが、次《つぎ》に、亮平《りょうへい》くんが拓《た》っくんの腕《うで》を取《と》りながら走《はし》る。

「おのれっ。逃《に》がすな。」

「こら、清海入道《せいかいにゅうどう》、のけ！」

「伊三入道《いさにゅうどう》、邪魔《じゃま》だ！」

背後《はいご》から、十勇士《じゅうゆうし》たちの声《こえ》が聞《き》こえてくる。

すぐに強《つよ》い風《かぜ》が吹《ふ》きはじめた。

その風《かぜ》に負《ま》けぬくらい、濃《こ》く白《しろ》い霧《きり》が漂《ただよ》いはじめる。

さらに、霧《きり》に交《ま》ざって激《はげ》しい雨《あめ》が降《ふ》りはじめた。

わたしたち三人《にん》と一匹《ぴき》は、ずぶ濡《ぬ》れになりながら、林《はやし》のなかを走《はし》った。

濃《こ》い霧《きり》が視界《しかい》を狭《せま》くし、雨《あめ》が視界《しかい》をさえぎり、風《かぜ》が視界《しかい》を激《はげ》しく揺《ゆ》らした。

わたしは、拓《た》っくん、亮平《りょうへい》くん、タイムにいった。

「離《はな》れちゃダメ！　できるだけ固《かた》まってて！」

メキメキッ……。

メキメキメキッ……。

背後《はいご》からイヤな音《おと》が聞《き》こえてきた。

肩越《かたご》しに振《ふ》り向《む》いた。

三好清海入道《みよしせいかいにゅうどう》と伊三入道《いさにゅうどう》が、林《はやし》のなかの木《き》を抱《かか》えて、引《ひ》っこ抜《ぬ》いている。

それを見上《みあ》げていた穴山小助《あなやまこすけ》さんが両手《りょうて》をあげ、ひょいと動《うご》かした。

清海入道《せいかいにゅうどう》と伊三入道《いさにゅうどう》が引《ひ》っこ抜《ぬ》いた木《き》が、わたしたちのほうに向《む》かって一直線《いっちょくせん》に飛《と》んできた。

さらに、その二本《ほん》の木《き》が燃《も》えあがる。

望月六郎《もちづきろくろう》さんが火《ひ》をつけたのだ。

うわっ！

「伏《ふ》せろ！」

どこからか声《こえ》が聞《き》こえてくる。

わたしたちは伏《ふ》せる。

ビューン！　ビューン！

バチバチ……。

燃《も》え上《あ》がった二本《ほん》の木《き》が、わたしたちの頭上《ずじょう》を通《とお》りすぎていく。

と思《おも》うと、木《き》がすべて燃《も》え、そのままばらばらと崩《くず》れ落《お》ちた。

また声《こえ》が聞《き》こえてくる。

「これ以上《いじょう》、進《すす》むな！　未来《みらい》に帰《かえ》れ！　そうすれば、こわい目《め》には遭《あ》わせぬ！」

この声《こえ》は、猿飛佐助《さるとびさすけ》さん!?

こわい目《め》には遭《あ》いたくないけど、幸村《ゆきむら》さんが徳川家康《とくがわいえやす》さんを討《う》つのを止《と》めないと歴史《れきし》が変《か》わっちゃうの。だから……。

「あなたたちの好《す》きにはさせない！」

わたしはジーンズのポケットからペンライトを取《と》り出《だ》すと、燃《も》えた木《き》を投《な》げつけようとしている清海入道《せいかいにゅうどう》と伊三入道《いさにゅうどう》のほうに向《む》けて照射《しょうしゃ》した。

「うわっ！」

「まぶしい！」

清海入道《せいかいにゅうどう》と伊三入道《いさにゅうどう》が悲鳴《ひめい》をあげる。

「おのれっ！」

「香里《かおり》め、小癪《こしゃく》なまねを！」

悲鳴《ひめい》をあげながらも、ふたりは燃《も》える木《き》を投《な》げてきた。

でもその勢《いきお》いは弱《よわ》い。

頭《あたま》を低《ひく》くしてよけたわたしは、拓《た》っくんと亮平《りょうへい》くんにいった。

「走《はし》るよ！」

わたしたちは、林《はやし》のなかを、全速力《ぜんそくりょく》で走《はし》った。足《あし》に怪我《けが》をしている拓《た》っくんは、亮平《りょうへい》くんの肩《かた》を借《か》りながら、だ。

あたりは、霧《きり》、風《かぜ》、雨《あめ》……。

わたしたちは、しゃがみながら、右《みぎ》に左《ひだり》に燃《も》える木《き》をよけながら、走《はし》りつづけた。

10　幸村《ゆきむら》さんとの再会《さいかい》

濃《こ》い霧《きり》……。

渦巻《うずま》く風《かぜ》……。

降《ふ》り注《そそ》ぐ雨《あめ》……。

勢《いきお》いをとりもどした三好清海入道《みよしせいかいにゅうどう》と伊三入道《いさにゅうどう》が燃《も》える木《き》を放《はな》ってくる。

わたし——遠山香里《とおやまかおり》——のうしろから、亮平《りょうへい》くんの肩《かた》を借《か》りながら、よろよろと走《はし》る拓《た》っくんがさけんでくる。

「香里《かおり》ちゃん！　ペンライト！」

「木《き》が燃《も》えてるなかでは、ペンライトは効果《こうか》ないわよ！」

「じゃあ、どうすれば？」

……わからない……わからないけど……立《た》ち止《ど》まったら……わたしたち……捕《つか》まっちゃう！

わたしたちは、力《ちから》のかぎり走《はし》りつづけた。

足《あし》も、肺《はい》も、限界《げんかい》だった。

心臓《しんぞう》が、ばくばくする。

膝《ひざ》ががくがくする。

左腕《ひだりうで》も痛《いた》い。

わたしは、いまにも倒《たお》れてしまいそうだった。

気《き》がつくと、燃《も》える木《き》が飛《と》んでこなくなった。

どうしたんだろう。

わたし、タイム、亮平《りょうへい》くん、亮平《りょうへい》くんに肩《かた》を借《か》りている拓《た》っくんは足《あし》を止《と》めた。

両手《りょうて》を膝《ひざ》につき、肩《かた》で息《いき》をしはじめたときだった。

ふっと霧《きり》が晴《は》れた。

周囲《しゅうい》は、林《はやし》というよりも森《もり》で、目《め》の前《まえ》には大《おお》きな鳥居《とりい》が立《た》っていた。鳥居《とりい》の向《む》こうには山《やま》が見《み》える。

ここは神社《じんじゃ》だ。

でも神社《じんじゃ》の建物《たてもの》が見《み》えないということは、背後《はいご》の山《やま》の中腹《ちゅうふく》か山頂《さんちょう》に拝殿《はいでん》や本殿《ほんでん》があるのだろう。

「ここは、どこなの？」

わたしがきいたけど、拓《た》っくんは首《くび》をかしげた。

「亮平《りょうへい》、わかるか。」

さすがの亮平《りょうへい》くんもわからないらしい。

わたしたちの前《まえ》にいるタイムが振《ふ》り向《む》く。

「クゥ〜ン。」

「これから、どうするの？」ときいているように聞《き》こえた。

わたしは肩越《かたご》しに振《ふ》り向《む》いた。

強《つよ》く吹《ふ》いていた風《かぜ》も、いまは落《お》ち着《つ》いている。

霧《きり》が薄《うす》れていくなか、西《にし》から月《つき》の光《ひかり》がさしこみ、複数《ふくすう》の人《ひと》たちがいるのが見《み》えた。目《め》をこらす。

「あれ……見《み》て……。」

森《もり》のなかを見《み》ながら、わたしは独《ひと》り言《ごと》のようにいった。

「……十勇士《じゅうゆうし》たちよ……。」

拓《た》っくんと亮平《りょうへい》くんも振《ふ》り向《む》く。

望月六郎《もちづきろくろう》、根津甚八《ねづじんぱち》、三好清海入道《みよしせいかいにゅうどう》・伊三入道《いさにゅうどう》、穴山小助《あなやまこすけ》、猿飛佐助《さるとびさすけ》、霧隠才蔵《きりがくれさいぞう》、由利鎌之介《ゆりかまのすけ》
……十勇士《じゅうゆうし》の面々《めんめん》が並《なら》んで立《た》っている。

その十勇士《じゅうゆうし》たちが、いっせいに片膝《かたひざ》を折《お》って腰《こし》を落《お》とし、頭《こうべ》をたれた。彼《かれ》らの顔《かお》つきは、じつにくやしそうに見《み》えた。

なに……!?

「おれたちに……。」

「……頭下《あたまさ》げた。」

拓《た》っくんと亮平《りょうへい》くんが口《くち》をぽかんと開《あ》けている。

まさか……。

わたしたちを攻《せ》めつづけてきた十勇士《じゅうゆうし》たちが、わたしたちに頭《あたま》を下《さ》げるはずがない。

わたしは、すぐに否定《ひてい》した。

「そんなわけない……。」

わたしは、おそるおそる、前《まえ》のほうに向《む》きなおった。

西《にし》の低《ひく》い位置《いち》からの月明《つきあ》かりがさしこんだ鳥居《とりい》の下《した》に、ひとりのおとなの男《おとこ》の人《ひと》、向《む》かって右《みぎ》どなりに、ひとりの少年《しょうねん》が立《た》っていた。

そのおとなの男《おとこ》の人《ひと》は五十歳手前《さいてまえ》くらいで、ハーフのようなイケメンだ。

「幸村《ゆきむら》、さん……。」

そう、まちがいなく、そこに立《た》っていたのは真田幸村《さなだゆきむら》さんと息子《むすこ》の大助《だいすけ》くん。

●香里《かおり》クイズ

Q《キュー》．いまの京都府八幡市《きょうとふやわたし》にある有名《ゆうめい》な神社《じんじゃ》は？

A《エー》　鶴岡八幡宮《つるがおかはちまんぐう》

B《ビー》　石清水八幡宮《いわしみずはちまんぐう》

C《シー》　宇佐八幡宮《うさはちまんぐう》

わたしたちの背後《はいご》に並《なら》んで立《た》っている十勇士《じゅうゆうし》たちのひとり、猿飛佐助《さるとびさすけ》さんの声《こえ》が聞《き》こえてきた。

「お館《やかた》さま！　ご無事《ぶじ》で！」

「むろん無事《ぶじ》じゃ。」

「徳川家康《とくがわいえやす》とは……。」

「まだじゃ。寛十蔵《かけいじゅうぞう》からの報《しら》せでは、徳川家康《とくがわいえやす》はここに参詣《さんけい》するらしいゆえ、ここで待《ま》ち構《かま》えることにする。」

あとで調《しら》べてわかったことだけど、石清水八幡宮《いわしみずはちまんぐう》は、いまの京都府八幡市《きょうとふやわたし》の男山《おとこやま》の山頂《さんちょう》に建《た》つ神社《じんじゃ》。伊勢神宮《いせじんぐう》に次《つ》ぐほど格式《かくしき》の高《たか》い神社《じんじゃ》らしい。

十勇士《じゅうゆうし》たちのほうを向《む》いていた幸村《ゆきむら》さんが、わたしたちのほうを見《み》てくる。

「こんなところでなにをしておる。」

わたしが答《こた》える前《まえ》に、佐助《さすけ》さんが頭《あたま》を下《さ》げた。

「申《もう》し訳《わけ》ございません。この者《もの》たちを止《と》めることができず……。」

わたしは、幸村《ゆきむら》さんのほうに向《む》かって走《はし》っていって、腕《うで》をひっぱった。

「ゆ、幸村《ゆきむら》さん！　いますぐ大坂城《おおさかじょう》にもどってください！　家康《いえやす》さんを待《ま》ちかまえたりしないでください！」

さらにわたしは、大助《だいすけ》くんにもいった。

「大助《だいすけ》くん、なにしてるの？　大助《だいすけ》くんもいっしょに……。」

わたしは、強《つよ》い力《ちから》で幸村《ゆきむら》さんに振《ふ》り払《はら》われ、尻餅《しりもち》をついて倒《たお》れた。

「香里《かおり》ちゃん！」

拓《た》っくんと亮平《りょうへい》くんが、わたしのそばに駆《か》け寄《よ》ってくる。

幸村《ゆきむら》さんが右手《みぎて》で腰《こし》の刀《かたな》を抜《ぬ》き、左腕《ひだりうで》で首根《くびね》っこをつかんだ大助《だいすけ》くんの顔《かお》に、切《き》っ先《さき》を向《む》けた。

ええっ⁉

「ゆ、幸村《ゆきむら》さん、い、いったい、なんのつもりですか！」

わたしは、幸村《ゆきむら》さんに飛《と》びかかろうとした。

そのとき――。

ズキューン！

銃声《じゅうせい》が轟《とどろ》いた。

わたしたちの足下《あしもと》の土《つち》が跳《は》ねて、顔《かお》や身体《からだ》にかかった。

痛《いた》っ。

足《あし》の運《はこ》びを止《と》めざるをえなかった。

だれ？　だれが撃《う》ったの？

わたしたちがきょろきょろしていると、背後《はいご》に並《なら》んでいる十勇士《じゅうゆうし》たちのあいだから声《こえ》があがった。

「さすがは十蔵《じゅうぞう》……。」

十蔵《じゅうぞう》……筧十蔵《かけいじゅうぞう》さんのことだ。

あたりを見《み》まわしたけど、どこにも十蔵《じゅうぞう》さんの姿《すがた》はない。

どこからか、わたしたちのほうに銃口《じゅうこう》を向《む》けているにちがいなかった。

「十蔵《じゅうぞう》になにをさせるんですか！」

叫《さけ》ぶなり、大助《だいすけ》くんが幸村《ゆきむら》さんの足《あし》を踏《ふ》みつけた。

「がっ！」

幸村《ゆきむら》さんがうめいて、よろめいた。

大助《だいすけ》くんが、幸村《ゆきむら》さんから離《はな》れる。

「お館《やかた》さま！」

佐助《さすけ》さんの声《こえ》とともに十勇士《じゅうゆうし》たちが駆《か》け寄《よ》ろうとする。

幸村《ゆきむら》さんが左手《ひだりて》を挙《あ》げて、制《せい》した。

「かまわん！　寄《よ》るな！」

十勇士《じゅうゆうし》たちの足《あし》が止《と》まる。

そこをすかさず、わたし、拓《た》っくん、亮平《りょうへい》くんが駆《か》け寄《よ》ろうとした。

ズキューン！　ズキューン！

立《た》てつづけに銃声《じゅうせい》が響《ひび》いたと思《おも》ったら、わたしたちの足下《あしもと》の土《つち》が飛《と》び散《ち》った。

「うわっ。」

大助《だいすけ》くんが尻餅《しりもち》をついて倒《たお》れた。

大助《だいすけ》くんが、幸村《ゆきむら》さんを見上《みあ》げながら、いう。

「ち、父上《ちちうえ》、徳川家康《とくがわいえやす》ひとりを討《う》ったところで、なにも変《か》わりません。お、大御所《おおごしょ》の徳川家康《とくがわいえやす》がいなくなったとしても、二代将軍《だいしょうぐん》の徳川秀忠《とくがわひでただ》のもとに、徳川《とくがわ》に味方《みかた》する者《もの》が結集《けっしゅう》するだけです！父上《ちちうえ》、ここは、やはり、堂々《どうどう》と戦《たたか》うべきです！」

「馬鹿者《ばかもの》！」

幸村《ゆきむら》さんが一喝《いっかつ》する。

「おまえは、なにもわかっておらん。」

幸村《ゆきむら》さんが、苦虫《にがむし》を嚙《か》み潰《つぶ》したような顔《かお》をした。

大助《だいすけ》くんが、幸村《ゆきむら》さんの顔《かお》をにらみあげ、はっきりといった。

「戦《いくさ》をしても徳川《とくがわ》に勝《か》てない。だから戦《いくさ》をする前《まえ》に、せめて家康《いえやす》を討《う》とうというわけなのですか。もしそうなのだとしたら、父上《ちちうえ》は卑怯《ひきょう》です。」

「なんだと!?」

幸村《ゆきむら》さんは、右手《みぎて》に刀《かたな》をにぎって、切《き》っ先《さき》を大助《だいすけ》くんに向《む》けた。

そして左手《ひだりて》で大助《だいすけ》くんの襟首《えりくび》をつかんで立《た》たせると、石清水八幡宮《いわしみずはちまんぐう》が建《た》つ山頂《さんちょう》に向《む》かって、参《さん》道《どう》を登《のぼ》りはじめた。

十勇士《じゅうゆうし》たちが追《お》いはじめると、幸村《ゆきむら》さんが制《せい》した。

「手出《てだ》し無用《むよう》じゃ。」

追《お》わなきゃ！

追《お》って、真田大助《さなだだいすけ》くんを救出《きゅうしゅつ》しなきゃ！　幸村《ゆきむら》さんが徳川家康《とくがわいえやす》さんを討《う》とうとするのを止《と》めなきゃ！

わたしは夜空《よぞら》を見上《みあ》げた。

月《つき》は、西《にし》の低《ひく》い空《そら》に浮《う》いている。

あの月《つき》が沈《しず》んだら、東《ひがし》の空《そら》から太陽《たいよう》がのぼってくるはず。夜明《よあ》けまで、あと一時間《じかん》か、二時間《じかん》か……。

わたしと亮平《りょうへい》くんは、左足《ひだりあし》に怪我《けが》をしている拓《た》っくんをはさんで、石清水八幡宮《いわしみずはちまんぐう》の参道《さんどう》を登《のぼ》りはじめた。

タイムが、わたしたちを先導《せんどう》していく。

亮平《りょうへい》くんも山道《やまみち》は得意《とくい》じゃないから、走《はし》るわけにはいかなかった。

タイムが、ときどき振《ふ》り返《かえ》りながら、わたしたちを先導《せんどう》してくれている。

参道《さんどう》を登《のぼ》りながらも、わたしはあたりに目《め》を配《くば》りつづけていた。

参道《さんどう》の左右《さゆう》の森《もり》のなかに、人《ひと》の気配《けはい》がする。わたしたちからは姿《すがた》を見《み》えないようにしながら、十勇士《じゅうゆうし》たちも移動《いどう》しているらしい。

山道《やまみち》を登《のぼ》りおえ、参道《さんどう》がゆるやかになり、やがて平《ひら》たい道《みち》になった。

拓《た》っくんも亮平《りょうへい》くんも肩《かた》で息《いき》をしている。

わたしが走《はし》りだそうとしたときだった。

ズキューン！

銃声《じゅうせい》が轟《とどろ》き、わたしの足下《あしもと》の土《つち》が跳《は》ねた。

なるほど。十勇士《じゅうゆうし》たちは幸村《ゆきむら》さんと大助《だいすけ》くんには「手出《てだ》し」はしないけど、わたしたちが少《すこ》しでもおかしな行動《こうどう》を取《と》ったら「手出《てだ》し」するつもりなのだ。いまの銃撃《じゅうげき》はその警告《けいこく》なのではないだろうか。

いちど足《あし》を止《と》めたわたしは、一瞬《いっしゅん》のうちに判断《はんだん》した。

二手《ふたて》に分《わ》かれよう。

タイム、拓《た》っくん、亮平《りょうへい》くんに小声《こごえ》でいった。

「分《わ》かれるよ。」

わたしは、タイムにつづいて、参道《さんどう》の右《みぎ》を駆《か》けだした。

亮平《りょうへい》くんと、亮平《りょうへい》くんの肩《かた》を借《か》りた拓《た》っくんも参道《さんどう》の左《ひだり》を駆《か》けはじめた。

足下《あしもと》が、二十一世紀《せいき》の神社《じんじゃ》によくあるような玉砂利《たまじゃり》ではないことは助《たす》かった。

うしろを向《む》いている余裕《よゆう》はなかった。

大助《だいすけ》くんを捕《と》らえたまま奥《おく》へ急《いそ》いでいる幸村《ゆきむら》さんとの距離《きょり》は、およそ二十五メートル。学校《がっこう》のプールのタテの長《なが》さくらい。

あと少《すこ》しで追《お》いつきそうと思《おも》ったときだった。

わたしとタイムの目《め》の前《まえ》に、ずらずらと男《おとこ》たちが姿《すがた》をあらわした。

十勇士《じゅうゆうし》の猿飛佐助《さるとびさすけ》さん、望月六郎《もちづきろくろう》さん、三好清海入道《みよしせいかいにゅうどう》、由利鎌之介《ゆりかまのすけ》さんの面々《めんめん》。

ええっ!?

わたしとタイムは立《た》ち止《ど》まらざるをえなかった。

視界《しかい》の左端《ひだりはし》では、参道《さんどう》をはさんだ反対側《はんたいがわ》に十勇士《じゅうゆうし》の霧隠才蔵《きりがくれさいぞう》さん、根津甚八《ねづじんぱち》さん、三好伊三入《みよしいさにゅう》道《どう》、穴山小助《あなやまこすけ》さんの面々《めんめん》が、拓《た》っくんと亮平《りょうへい》くんの目《め》の前《まえ》に立《た》ちはだかっている。

わたしたちが分《わ》かれて走《はし》りだして、ほとんど時間《じかん》が経《た》っていないというのに……。

どこからか声《こえ》が聞《き》こえてきた。

「香里《かおり》、なにゆえ、われわれの動《うご》きの素早《すばや》さにおどろいておるのだ。」

えっ!?　なにっ!?

なんで、わたしが思《おも》っていたことがわかるの?

わたしは目《め》の前《まえ》の四人《にん》を見《み》た。だれもしゃべっていない。

参道《さんどう》の反対側《はんたいがわ》にも目《め》をやった。

だれがしゃべってるの?

もういちど目《め》の前《まえ》の十勇士《じゅうゆうし》たちを見《み》た。

なにか違和感《いわかん》がある。

拓《た》っくんの声《こえ》が聞《き》こえてきた。

「香里《かおり》ちゃん、そっち、ひとり多《おお》いよ。あれ?　幸村《ゆきむら》さん?」

さらに亮平《りょうへい》くんの声《こえ》。

「拓哉《たくや》、あれ、幸村《ゆきむら》さんじゃないよ。海野六郎《うんのろくろう》さんだよ。ほら、影武者《かげむしゃ》の。」

えっ!?

目《め》の前《まえ》に並《なら》んだ十勇士《じゅうゆうし》の端《はし》に、まるで普段着姿《ふだんぎすがた》の幸村《ゆきむら》さんのような、海野六郎《うんのろくろう》さんが立《た》っていた。

海野《うんの》さんが、わたしのほうを見《み》て、薄笑《うすわら》いしている。

なんなの!? ちょっと不気味《ぶきみ》なんだけど。

前《まえ》に会《あ》ったときは、そんなそぶりすら見《み》せなかったのに。ただの、幸村《ゆきむら》さんそっくりなおじさんだったんじゃなかったっけ?

またまた声《こえ》が聞《き》こえてきた。

「お館《やかた》さまにそっくりなおじさんとしか思《おも》っていなかったのか。まったく失礼《しつれい》な娘《むすめ》じゃ。」

海野《うんの》さんが唇《くちびる》をゆがめた。

そんなっ。

わたしの思《おも》ったことが、わたしのやろうとすることが海野《うんの》さんに読《よ》まれてる。

「ふははは。」

いまのわたしが思《おも》ったことを聞《き》いて、海野《うんの》さんが笑《わら》っている。

どうすれば……どうすれば……。

考《かん》えたことが、思《おも》ったことが読《よ》まれてしまうなら……わたし、なにも考《かん》えることができないじゃないの……。

なにも考《かん》えないようにしないと……なにも考《かん》えないようにしないと……。

海野《うんの》さんの声《こえ》が聞《き》こえてくる。

「香里《かおり》、おまえはなにも考《かん》えることができないのだ。拓哉《たくや》、亮平《りょうへい》といっしょに、引《ひ》き返《かえ》せ。未来《みらい》に帰《かえ》るのだ。」

いや。それはできない。

「抵抗《ていこう》するな。無理《むり》なのだ。」

どうすれば……どうすれば……。

「ふははは。苦《くる》しめ。そのうち考《かん》えることも、動《うご》くこともできなくなる。」

わたしは、空《そら》を見上《みあ》げた。

どうすれば……どうすれば……。

そうだ。

わたしは全身《ぜんしん》の力《ちから》を抜《ぬ》いた。

よし、右《みぎ》に動《うご》いて、十勇士《じゅうゆうし》たちを大《おお》きく迂回《うかい》しよう。

目《め》の前《まえ》に立《た》っている海野《うんの》さんも、わたしから見《み》て右《みぎ》に動《うご》きはじめた。十勇士《じゅうゆうし》たちも海野《うんの》さんにならって動《うご》く。

次《つぎ》の瞬間《しゅんかん》、わたしは左《ひだり》に動《うご》いた。

タイムがあわてて、ついてくる。

参道《さんどう》の真《ま》ん中《なか》に出《で》てから、一気《いっき》に駆《か》けだした。

拓《た》っくんと亮平《りょうへい》くんも参道《さんどう》の真《ま》ん中《なか》に出《で》て走《はし》りだす。

「くそっ、やられた！」

海野《うんの》さんの声《こえ》とともに、十勇士《じゅうゆうし》たちが追《お》ってきた。

わたしは、いまは、ただ走《はし》ることしか考《かんが》えていなかった。

わたしに追《お》いついてきた拓《た》っくんがきいてくる。

「走《はし》って、これからどうするの？」

「なにも考《かんが》えてないの。」

「えっ!? どういうこと？」

「なにも考《かんが》えられないの。海野《うんの》さん、わたしたちの心《こころ》を読《よ》めるみたいなの。」

拓《た》っくんと亮平《りょうへい》くんがおどろく。

「ええっ！」

「だから、なにも考《かんが》えちゃダメなの。とくに、これからどうしようかなんて、ぜったい考《かんが》えちゃダメなの。」

考《かんが》えることを空《から》っぽにしたわたしは、急《きゅう》ブレーキをかけてから回《まわ》れ右《みぎ》をし、突進《とっしん》した。

先頭《せんとう》を走《はし》っていた海野《うんの》さんに体当《たいあ》たりした。

海野《うんの》さんがうしろに倒《たお》れ、さらにほかの十勇士《じゅうゆうし》たちが将棋倒《しょうぎだお》しになる。

ふたたび前《まえ》を向《む》いて走《はし》りだそうとしたときだった。

いきなり目《め》の前《まえ》に霧隠才蔵《きりがくれさいぞう》さんが姿《すがた》をあらわした。凄腕《すごうで》の忍者《にんじゃ》、跳《と》んでくることくらい朝飯前《あさめしまえ》なのだ。

「お館《やかた》さまと大助《だいすけ》さまに追《お》いつかせてなるものか！」

あたりに濃《こ》い霧《きり》が漂《ただよ》いはじめた。

これまでに体験《たいけん》した霧《きり》のなかで、いちばん濃《こ》い霧《きり》だった。

視界《しかい》は、きっと一メートルもない。

拓《た》っくんと亮平《りょうへい》くんが、わたしの近《ちか》くに寄《よ》ってくる。そうしなければ、三人《にん》がはぐれてしまうからだ。

「タイム！」

わたしはタイムを呼《よ》んだ。

「ワン！」

わたしは、タイムに小声《こごえ》でいった。

「タイム、幸村《ゆきむら》さんと大助《だいすけ》くん、どっちに歩《ある》いた？　嗅《か》いで。」

タイムが、鼻先《はなさき》をあげて、次《つぎ》に鼻先《はなさき》を下《さ》げる。

地面《じめん》の匂《にお》いをくんくんと嗅《か》ぎはじめる。

「犬《いぬ》だ！　犬《いぬ》を使《つか》ってるぞ！」

海野《うんの》さんの声《こえ》だ。

わたしは、タイムにいった。

「タイム、つづけて。」

タイムが鼻先《はなさき》で地面《じめん》の匂《にお》いを嗅《か》ぎながら、ゆっくりと歩《ある》きはじめた。

わたし、拓《た》っくん、亮平《りょうへい》くんは、タイムのうしろから、ついて歩《ある》く。

海野《うんの》さんは、わたしの心《こころ》は読《よ》んでいるかもしれないけど、霧《きり》のせいで姿《すがた》を見《み》ることはできない。

わたしたちは、タイムのうしろを歩《ある》きつづけていた。
そのときだった。
タイムの動《うご》きが止《と》まった。
タイムが首《くび》をかしげる。
タイムが振《ふ》りあおいで、わたしの顔《かお》を見上《みあ》げたときだった。
霧《きり》のなかから声《こえ》が聞《き》こえてくる。
「才蔵《さいぞう》、やめろ。われわれが、お館《やかた》さまを見失《みうしな》うことになるであろうがっ。」
風《かぜ》が吹《ふ》きはじめたかと思《おも》うと、霧《きり》が薄《うす》くなり、視界《しかい》が開《ひら》けはじめた。

11　真田《さなだ》幸村《ゆきむら》VS.《バーサス》徳川家康《とくがわいえやす》

薄《うす》い霧《きり》の向《む》こうに、石清水八幡宮《いわしみずはちまんぐう》と思《おぼ》しき赤《あか》い社殿《しやでん》が見《み》えた。

その社殿《しやでん》の前《まえ》には、片膝《かたひざ》を立《た》てて控《ひか》えるおおぜいの武将《ぶしよう》、武士《ぶし》、雑兵《ぞうひよう》たちがいて、真《ま》ん中《なか》あたりに黒塗《くろぬ》りの輿《こし》があった。

兵《へい》たちが肩《かた》にかつぐ二本《ほん》の棒《ぼう》が貫《つらぬ》かれた台座《だいざ》の上《うえ》に、屋根《やね》と柱《はしら》と御簾《みす》がついた社《やしろ》のようなものがあった。

そのなかに、ひとりの老人《ろうじん》があぐらをかき、わたし——遠山香里《とおやまかおり》——たちのほうを向《む》いて、すわっていた。

あれは……徳川家康《とくがわいえやす》さん……。

しばらく会《あ》っていないあいだに、ずいぶん老《ふ》けていた。

わたしたちが過去《かこ》に会《あ》ったなかで、家康《いえやす》さんがいちばん老《ふ》けていたのは本能寺《ほんのうじ》の変直後《へんちよくご》の伊賀《いが》越《ご》えのときだから、三十二年半《ねんはん》も前《まえ》のこと。

家康《いえやす》さんを乗《の》せた輿《こし》が、ゆっくりと地面《じめん》におろされた。

その家康《いえやす》さんがゆっくりと立《た》ち上《あ》がり、輿《こし》から下《お》りてきた。

これから戦《いくさ》だというのに、家康《いえやす》さんは兜《かぶと》も鎧《よろい》も刀《かたな》も身《み》につけていない。黒《くろ》を基調《きちょう》に金《きん》を散《ち》らした、きらびやかな着物《きもの》に、羽織《はおり》、袴姿《はかますがた》だった。

幸村《ゆきむら》さんが、捕《と》らえていた大助《だいすけ》くんを突《つ》き飛《と》ばした。

尻餅《しりもち》をついて倒《たお》れた大助《だいすけ》くんが起《お》き上《あ》がろうとする。

幸村《ゆきむら》さんは、前方《ぜんぽう》の家康《いえやす》さんのほうを見《み》ながら、大助《だいすけ》くんのほうに腕《うで》を伸《の》ばし、刀《かたな》の切《き》っ先《さき》を向《む》けた。

「動《うご》くな。」

でも大助《だいすけ》くんがいうことを聞《き》くはずがない。

「父上《ちちうえ》、ダメです。おやめください！」

わたし、タイム、拓《た》っくん、亮平《りょうへい》くんも駆《か》け寄《よ》った。

「来《く》るな。」

幸村《ゆきむら》さんがドスの利《き》いた声《こえ》を発《はっ》した。

ひっ！

わたしたちは思《おも》わず立《た》ちすくんだ。

さらに幸村《ゆきむら》さんがいう。

「ここは、男《おとこ》と男《おとこ》の対決《たいけつ》。ガキが近寄《ちかよ》るんじゃない！」

「そうはいきません！」

わたしは勇気《ゆうき》を振《ふ》り絞《しぼ》って駆《か》け寄《よ》った。

幸村《ゆきむら》さんの刀《かたな》が一閃《いっせん》された。

わたしの顔《かお》の数《すう》センチメートル先《さき》を、刀《かたな》がかすめた。

わたしは、腰《こし》を抜《ぬ》かした。

幸村《ゆきむら》さんが前《まえ》を向《む》く。

家康《いえやす》さんと幸村《ゆきむら》さんの距離《きょり》は、およそ五メートル。

家康《いえやす》さんが薄《うす》く笑《わら》う。

「戦勝祈願《せんしょうきがん》のために、石清水八幡宮《いわしみずはちまんぐう》に立《た》ち寄《よ》ったのだが……豊臣方《とよとみがた》の事実上《じじつじょう》の大将《たいしょう》が目《め》の前《まえ》にお
る。これは好都合《こうつごう》というもの。ふふふ。」

幸村《ゆきむら》さんが、ゆっくりと腰《こし》の刀《かたな》を抜《ぬ》き、上段《じょうだん》に構《かま》えた。

「家康《いえやす》、おぬしを大坂城《おおさかじょう》に向《む》かわせるわけにはいかぬ。」

「ほう、ならば、なんとする。」

「家康《いえやす》！　覚悟《かくご》！」

「まあ、待《ま》て。」

徳川家康《とくがわいえやす》さんが指《ゆび》を広《ひろ》げた右手《みぎて》を前《まえ》に出《だ》し、真田幸村《さなだゆきむら》さんを制《せい》する。

「わしを討《う》つのか。」

「さよう。」

「おぬしも武将《ぶしょう》ならば、正々堂々《せいせいどうどう》と戦《いくさ》をして白黒《しろくろ》つけてはどうじゃ。男《おとこ》らしくない。いや、女々《めめ》しい。」

「なんだと。」

「ああ、そうか。豊臣方《とよとみがた》は兵《へい》が少《すく》ない。わしらに立《た》ち向《む》かうには籠城《ろうじょう》しかあるまい。だが、それでは正々堂々《せいせいどうどう》と戦《たたか》ったとはいえぬわなあ。」

「おのれっ。」

大助《だいすけ》くんが腰《こし》の刀《かたな》に手《て》をかけながら、さけぶ。

「父上《ちちうえ》！　こんなに好《す》き勝手《かって》なことをいわせてよいのですか！」

わたしは、あわてて止《と》めた。

「ちょっと、大助《だいすけ》くん！　それじゃ、やろうとしていることと反対《はんたい》じゃないの！」

「あっ……。」

幸村《ゆきむら》さんに、さらに気合《きあい》が入《はい》ったらしい。

「家康《いえやす》、覚悟《かくご》！」

幸村《ゆきむら》さんが、大上段《だいじょうだん》から斬《き》りかかる。

「これを！」

そばに控《ひか》える武将《ぶしょう》が腰《こし》の刀《かたな》を抜《ぬ》いて、家康《いえやす》さんに投《な》げる。

柄《つか》をにぎるように刀《かたな》を受《う》け取《と》った家康《いえやす》さんは鞘《さや》を払《はら》う余裕《よゆう》はなかった。

鞘《さや》ごと、刀《かたな》を横《よこ》に構《かま》えて防《ふせ》ごうとした。

そうだ！

わたしはジーンズのポケットからペンライトを取《と》り出《だ》した。

幸村《ゆきむら》さんの目《め》に向《む》かって、光《ひかり》をあてた。

「なんだ、あれは！」

「あの怪《あや》しい術《じゅつ》はなんだ！」

家康《いえやす》さんを守《まも》る将兵《しょうへい》たちがどよめいた。

幸村《ゆきむら》さんが家康《いえやす》さんを斬《き》るのを止《と》めないと！

わたしはペンライトの光《ひかり》がぶれないようにあてつづけた。

だが一瞬《いっしゅん》、遅《おそ》かった。

幸村《ゆきむら》さんが刀《かたな》を振《ふ》り下《お》ろす。

幸村《ゆきむら》さんが、家康《いえやす》さんを大上段《だいじょうだん》から斬《き》った……。

これって……。わたしは霧《きり》のなかで見《み》た幻覚《げんかく》を思《おも》い出《だ》していた。

「だめーっ！」

わたしは大声《おおごえ》でさけびながら、駆《か》けだした。

でも遅《おそ》かった。

家康《いえやす》さんが、両手《りょうて》で刀《かたな》をにぎったままの姿勢《しせい》で、前《まえ》のめりに、ばたりと倒《たお》れた。

「あーっ！」

「ええええっ！」

「マジかよ！」

わたしも、亮平《りょうへい》くんも、拓《た》っくんも、呆然《ぼうぜん》としていた。

いま、わたしがいる、この時《とき》が止《と》まったように、すべてのものの動《うご》きが止《と》まっているように思《おも》えた。

幸村《ゆきむら》さんが、家康《いえやす》さんを討《う》っちゃった……。

再来年《さらいねん》に亡《な》くなるはずの家康《いえやす》さんが、大坂冬《おおさかふゆ》の陣《じん》がはじまる直前《ちょくぜん》に死《し》んでしまった!!

大助《だいすけ》くんも、わたしたちも、幸村《ゆきむら》さんを止《と》めることができなかった……。

歴史《れきし》が変《か》わっちゃう!!

「ち、父上《ちちうえ》……。」

大助《だいすけ》くんがくずれ落《お》ち、地面《じめん》に両膝《りょうひざ》をつけて、へたりこんだ。

「やったぞ……。」

そうつぶやいた幸村《ゆきむら》さんは刀《かたな》を鞘《さや》にしまうと、うつぶせに倒《たお》れた家康《いえやす》さんのほうへ近《ちか》づいていく。

幸村《ゆきむら》さんは片膝《かたひざ》をつくと、倒《たお》れている家康《いえやす》さんの肩《かた》をつかんで、仰向《あおむ》けに返《かえ》した。

幸村《ゆきむら》さんが、家康《いえやす》さんの顔《かお》をのぞきこむ。

幸村《ゆきむら》さんの動《うご》きが止《と》まった。

大助《だいすけ》くんが立《た》ち上《あ》がったのにつづいて、わたしとタイム、拓《た》っくん、亮平《りょうへい》くんも、幸村《ゆきむら》さんのそばまで歩《ある》いていった。

わたしは、倒《たお》れている家康《いえやす》さんの顔《かお》に向《む》かって、ペンライトの光《ひかり》をあてた。

幸村《ゆきむら》さんが、家康《いえやす》さんの顔《かお》のあたりに手《て》を持《も》っていっている。

死《し》んだのかどうかをたしかめているのだろうか。

幸村《ゆきむら》さんの、その手《て》も止《と》まった。その手《て》が小刻《こきざ》みに震《ふる》えはじめる。

家康《いえやす》さんを討《う》って、いまごろになって興奮《こうふん》しはじめているのだろうか。

「ん？」

幸村《ゆきむら》さんは眉《まゆ》をひそめると、ふたたび手《て》を動《うご》かした。

倒《たお》れている家康《いえやす》さんの顔《かお》に手《て》をあてて、なにやら、ごそごそしていたかと思《おも》うと……一気《いっき》に引《ひ》いた。

幸村《ゆきむら》さんのその手《て》は、なにかをつかんでいた。

わたしたちは、さらに近《ちか》づいて、たしかめた。

幸村《ゆきむら》さんが手《て》にしているのは、人《ひと》の顔《かお》、正《ただ》しくは、人《ひと》の顔《かお》を描《か》いた厚《あつ》い和紙《わし》のようなものだった。

立《た》ち上《あ》がった幸村《ゆきむら》さんがさけんだ。

「家康《いえやす》、どこだーっ！」

えっ……!?

わたしたちも家康《いえやす》さんの顔《かお》をのぞきこんだ。

そこに倒《たお》れているのは、小屋《こや》で焼《や》け死《し》んだはずの服部半蔵《はっとりはんぞう》さんだった！

ええーっ！

大助《だいすけ》くん、わたし、拓《た》っくん、亮平《りょうへい》くんは、目《め》が点《てん》になったまま、顔《かお》を見合《みあ》わせていた。

また幸村《ゆきむら》さんがさけぶ。

「おのれ、家康《いえやす》！　どこだ！　顔《かお》を見《み》せろ！」

「ふふふ……ふははは……わははは……。」

大《おお》きな笑《わら》い声《ごえ》が聞《き》こえてきた。

いったい、どこから……。

そのとき——。

バサ、バサバサバサ……。

大《おお》きな音《おと》がした。

どこかで聞《き》いたことがあるような音《おと》……。

この音《おと》は……あっ、わかった。

大《おお》きなポスターが剥《は》がれるときの音《おと》、教室《きょうしつ》の壁《かべ》に貼《は》った大《おお》きな模造紙《もぞうし》が剥《は》がれるときの音《おと》に似《に》ている……。

見上《みあ》げると、家康《いえやす》さん一行《いっこう》がこれから参詣《さんけい》しようとしていた石清水八幡宮《いわしみずはちまんぐう》と思《おぼ》しき赤《あか》い社殿《しゃでん》が……ええっ！

……神社《じんじゃ》の建物《たてもの》の上半分《うえはんぶん》がきれいに消《き》えている。まるで線《せん》を引《ひ》いたかのように。

ど、どういうこと……？

また大《おお》きな音《おと》がした。

バサ、バサバサバサ……。

わたしは目《め》をこらして見《み》た。

ぺらぺらに薄《うす》い神社《じんじゃ》の建物《たてもの》が、うしろ向《む》きに折《お》れまがっていく。

神社《じんじゃ》の建物《たてもの》は、すべてが消《き》えてしまった。

そうか！

貼《は》り合《あ》わせた巨大《きょだい》な紙《かみ》に神社《じんじゃ》の社殿《しゃでん》が描《えが》かれていたのだ！

わたしは、ペンライトの光《ひかり》を正面《しょうめん》にあてた。

そこにあったのは森《もり》で……。

しかも！

森《もり》の木々《きぎ》のあいだから、ものすごくまぶしい光《ひかり》がさしこんでいる！

太陽《たいよう》だ！　太陽《たいよう》がのぼっているのだ！

ああ！　夜《よ》が明《あ》けてしまった！

もう間《ま》に合《あ》わないかもしれない。

また、わたしの脳裏《のうり》に、淀殿《よどどの》の怒《いか》りまくった顔《かお》が浮《う》かんだ。

次《つぎ》の瞬間《しゅんかん》――。

ガチャガチャ……。

金属音《きんぞくおん》が響《ひび》いた。

「わははは……。」

笑《わら》い声《ごえ》が響《ひび》く。

太陽《たいよう》がのぼりはじめた東《ひがし》の空《そら》から森《もり》へ視界《しかい》をおろしていくと、そこには、さきほどの服部半蔵《はっとりはんぞう》さんと同《おな》じ格好《かっこう》をした家康《いえやす》さんが立《た》ち、その背後《はいご》には何百人《なんびゃくにん》という銃兵《じゅうへい》がずらりと並《なら》んでいた。

わたしたちが立《た》っている場所《ばしょ》から十メートルほど距離《きょり》がある。

幸村《ゆきむら》さんは、ずかずかと歩《ある》いていった。

銃兵《じゅうへい》たちが銃《じゅう》を構《かま》える。

「ち、父上《ちちうえ》！」

大助《だいすけ》くんが追《お》おうとする。

「来《く》るでない。」

幸村《ゆきむら》さんは、家康《いえやす》さんに近《ちか》づいていく。

家康《いえやす》さんが左手《ひだりて》を横《よこ》に伸《の》ばし、手《て》のひらを広《ひろ》げて、銃兵《じゅうへい》たちを制《せい》した。

幸村《ゆきむら》さんは右手《みぎて》を伸《の》ばすと、家康《いえやす》さんの左頰《ひだりほお》をつまんで、思《おも》いっきり、引《ひ》っぱった。

「またニセモノであろう。面《つら》の皮《かわ》を剝《は》いでくれる！」

「痛《いた》たたた！　やめろ！　わしはホンモノの家康《いえやす》じゃ！」

「なっ……。」

家康《いえやす》さんの頰《ほお》をつまんだまま、幸村《ゆきむら》さんの動《うご》きが止《と》まる。

家康《いえやす》さんがいう。

「ま、まず、ゆ、指《ゆび》を離《はな》せ。」

幸村《ゆきむら》さんが、そーっと指《ゆび》を離《はな》す。

と同時《どうじ》に、側近《そっきん》のひとりが家康《いえやす》さんに刀《かたな》を渡《わた》した。

家康《いえやす》さんが鞘《さや》を払《はら》い、切《き》っ先《さき》を幸村《ゆきむら》さんに向《む》ける。

「うぬ……。」

幸村《ゆきむら》さんも一歩《ぽ》退《しりぞ》きながら刀《かたな》を抜《ぬ》き、正眼《せいがん》で構《かま》えた。

そのまま対峙《たいじ》するのかと思《おも》っていたら、幸村《ゆきむら》さんが足《あし》を前《まえ》に踏《ふ》み出《だ》すなり、刀《かたな》を左《ひだり》から右《みぎ》に横《よこ》に一閃《いっせん》させた。

家康《いえやす》さんが上体《じょうたい》を反《そ》らす。

幸村《ゆきむら》さんの刀《かたな》は、家康《いえやす》さんの目《め》の前《まえ》一センチメートルのところを通過《つうか》した。

それを見《み》るや、家康《いえやす》さんが幸村《ゆきむら》さんの喉《のど》に向《む》かって刀《かたな》を突《つ》き出《だ》す。

あぶない！

刀《かたな》を一閃《いっせん》させたまま、ふたたび幸村《ゆきむら》さんの動《うご》きが止《と》まる。

家康《いえやす》さんにも幸村《ゆきむら》さんにも死《し》んでほしくない。というか、ここでどちらが死《し》んでしまっても歴《れき》史《し》が変《か》わってしまうのだから。

「幸村《ゆきむら》、覚悟《かくご》！」

さらに家康《いえやす》さんが足《あし》を踏《ふ》み出《だ》そうとしたとき――。

わたしはタイムのお尻《しり》を軽《かる》く蹴《け》った。

「ワン！」

タイムが吠《ほ》える。

家康《いえやす》さんの目《め》が一瞬泳《いっしゅんおよ》いだ。

それを見《み》て、幸村《ゆきむら》さんが、ずずっと後退《こうたい》する。

ちゃっ！

何百人《なんびゃくにん》という銃兵《じゅうへい》が、火縄銃《ひなわじゅう》の銃口《じゅうこう》を幸村《ゆきむら》さんに向《む》けた。

たいへん！

わたしは駆《か》けだし、幸村《ゆきむら》さんの前《まえ》に両手《りょうて》を広《ひろ》げて立《た》ちふさがった。

家康《いえやす》さんが叫《さけ》ぶ。

「そこをどけ！　どかぬと撃《う》つぞ！」

「幸村《ゆきむら》さんを死《し》なせるわけにはいかないの！」

わたしのすぐうしろで幸村《ゆきむら》さんがいう。

「香里《かおり》、どけ。これは、わしと家康《いえやす》の対決《たいけつ》なのだ。」

「家康《いえやす》さんも死《し》なせるわけにはいかないの！」

「強情《ごうじょう》な娘《むすめ》。どかぬなら……。」

幸村《ゆきむら》さんの手《て》がわたしの肩《かた》にかかったときだった。

霧《きり》が発生《はっせい》した。

霧《きり》のあいだから、家康《いえやす》さんの声《こえ》がする。

「構《かま》えよ。」

金属音《きんぞくおん》が響《ひび》く。

わたしは振《ふ》り向《む》き、幸村《ゆきむら》さんの身体《からだ》を押《お》した。

拓《た》っくん、亮平《りょうへい》くん、大助《だいすけ》くんも走《はし》ってくる。

「うしろにさがってください！」

「な、なにをするか！」

幸村《ゆきむら》さんがいくらさけんでも、おかまいなしだった。

わたしは、大助《だいすけ》くん、拓《た》っくん、亮平《りょうへい》くんといっしょに、幸村《ゆきむら》さんの身体《からだ》を引《ひ》きずりながらさがらせた。

わたしたちと入《い》れ替《か》わるように、うしろから、うしろから、いくつもの足音《あしおと》が聞《き》こえてきた。

「さがっていろ。」

霧《きり》のあいだから、猿飛佐助《さるとびさすけ》さんの声《こえ》が聞《き》こえてきた。

たくさんの人《ひと》が、わたしたちの左右《さゆう》を歩《ある》く気配《けはい》がした。

霧《きり》のあいだから垣間見《かいまみ》える。

佐助《さすけ》さん、霧隠才蔵《きりがくれさいぞう》さん、三好清海入道《みよしせいかいにゅうどう》・伊三入道《いさにゅうどう》、望月六郎《もちづきろくろう》さん、根津甚八《ねづじんぱち》さん、由利鎌之介《ゆりかまのすけ》さん、穴山小助《あなやまこすけ》さん、海野六郎《うんのろくろう》さん。

十勇士《じゅうゆうし》の面々《めんめん》だ。

残《のこ》るひとり筧十蔵《かけいじゅうぞう》さんは、どこかの木《き》の枝《えだ》の上《うえ》にでも控《ひか》えているのだろう。

霧《きり》のなかから、家康《いえやす》さんの声《こえ》が聞《き》こえてきた。

「撃《う》て！」

わたしたちを囲《かこ》んだ銃《じゅう》は、数百挺《すうひゃくちょう》。いくら十蔵《じゅうぞう》さんの腕《うで》がよくても、立《た》ち向《む》かえるはずがない。

そのときだった。取《と》り囲《かこ》んだ銃隊《じゅうたい》の兵《へい》たちから声《こえ》が次々《つぎつぎ》にあがった。

「か、身体《からだ》が動《うご》かん！」

「ゆ、指《ゆび》が、動《うご》かん！　引《ひ》き金《がね》を引《ひ》けん！」

「じゅ、銃《じゅう》が宙《ちゅう》に浮《う》いている！」

どれも小助《こすけ》さんの術《じゅつ》だ。

そして佐助《さすけ》さんがいう。

「さあ、霧《きり》の次《つぎ》は、風《かぜ》がいいか、火《ひ》がいいか、水《みず》がいいか、それとも……。」

清海入道《せいかいにゅうどう》と伊三入道《いさにゅうどう》が指《ゆび》をポキポキと鳴《な》らす音《おと》がする。

「ふははは。」

家康《いえやす》さんの笑《わら》い声《ごえ》が聞《き》こえてくる。

小助《こすけ》さんの術《じゅつ》で、銃兵《じゅうへい》たちが使《つか》い物《もの》にならなくなっているというのに、どうして家康《いえやす》さんは余《よ》裕《ゆう》なのだろう。

「控《ひか》え銃隊《じゅうたい》！　撃《う》て！」

家康《いえやす》さんの声《こえ》とともに銃声《じゅうせい》が響《ひび》いた。

ええっ！　ほかにも銃隊《じゅうたい》がいたの!?

わたしがぼんやりしていると、右手《みぎて》にもっているペンライトが砕《くだ》け散《ち》った。

「きゃっ！」

銃弾《じゅうだん》があたったのだ。

指《ゆび》がじんじんしびれていた。

わたしは強引《ごういん》にしゃがまされた。拓《た》っくんと亮平《りょうへい》くんがわたしの腕《うで》をつかんでいた。

十勇士《じゅうゆうし》たちもしゃがむ。

霧《きり》のなかから佐助《さすけ》さんの声《こえ》が聞《き》こえてくる。

「小助《こすけ》、なにをやっておるのだ。やつらに撃《う》たせおって。」

ふたたび銃声《じゅうせい》が響《ひび》く。

小助《こすけ》さんがいう。

「もう少《すこ》しじゃ。」

わたしはさけんだ。

「小助《こすけ》さん、早《はや》く！」

「ふふふ。来《き》たわい。」

小助《こすけ》さんがいいおわるやいなや――。

ドン！

地面《じめん》が揺《ゆ》れた。

ゴロゴロ……ゴロゴロ……。

この音《おと》は！

小助《こすけ》さんがいう。

「左右《さゆう》に分《わ》かれよ！」

わたしは左《ひだり》に避《よ》けた。幸村《ゆきむら》さん、大助《だいすけ》くん、拓《た》っくん、亮平《りょうへい》くん、タイムもいっしょだ。

十勇士《じゅうゆうし》たちは右《みぎ》に避《よ》けたようだ。

霧《きり》のなか、地面《じめん》を転《ころ》がる巨大《きょだい》な岩《いわ》が見《み》えた。

「な、なんだ……。」

家康《いえやす》さんの声《こえ》が聞《き》こえてくる。

「う、撃《う》て！　撃《う》て！」

だけど撃《う》った弾《たま》は、すべて巨大《きょだい》な岩《いわ》が弾《はじ》き返《かえ》しているようだ。

そこで幸村《ゆきむら》さんがさけんだ。

「わしが討《う》つ！　家康《いえやす》！　覚悟《かくご》いたせ！」

その声《こえ》と同時《どうじ》に、霧《きり》のなかで、火《ひ》の龍《りゅう》、水《みず》の龍《りゅう》が立《た》ち上《あ》がった。

徳川方《とくがわがた》の銃声《じゅうせい》が響《ひび》きわたった。

火《ひ》の龍《りゅう》が炎《ほのお》を吐《は》く。

何百《なんびゃく》という銃弾《じゅうだん》が空中《くうちゅう》で焼《や》け落《お》ちる。

さらに銃兵《じゅうへい》たちが銃《じゅう》をかまえたところで、水《みず》の龍《りゅう》が水《みず》の玉《たま》を吐《は》いた。

大量《たいりょう》の水《みず》を浴《あ》びて火縄《ひなわ》が使《つか》えないどころか、銃兵《じゅうへい》たちが悲鳴《ひめい》をあげながら、吹《ふ》き飛《と》んだ。

その銃兵《じゅうへい》たちを、佐助《さすけ》さんの起《お》こした風《かぜ》で舞《ま》い上《あ》がらせる。

だが……。

耳《みみ》をすませていた幸村《ゆきむら》さんが、刀《かたな》をにぎったまま、さっと左手《ひだりて》をあげた。

「やめっ！」

十勇士《じゅうゆうし》たちが攻撃《こうげき》をやめる。

霧《きり》が晴《は》れていく。

前《まえ》を見《み》ていた十勇士《じゅうゆうし》たちが、どよめく。

そこにいたはずの家康《いえやす》さんだけでなく、徳川方全員《とくがわがたぜんいん》の姿《すがた》が消《き》えていた……。

幸村《ゆきむら》さんが、くやしそうにいう。

「家康《いえやす》め、いったい、いつのまに……。」

そのとき——。

「ふははは。」

家康《いえやす》さんの笑《わら》い声《ごえ》が聞《き》こえてきた。

「霧《きり》が晴《は》れ、雨《あめ》がやむのを待《ま》っておったわ！」

いいおわるやいなや、森《もり》のあいだから銃声《じゅうせい》が響《ひび》いた。

巨大《きょだい》な岩《いわ》が浮《う》きはじめた。

「さあ！」

「出《で》よ！」

甚八《じんぱち》さんと望月《もちづき》さんの声《こえ》が響《ひび》く。

空中《くうちゅう》に、ふたたび火《ひ》の龍《りゅう》と水《みず》の龍《りゅう》が出現《しゅつげん》した。

二匹《ひき》の龍《りゅう》が前足《まえあし》で巨大《きょだい》な岩《いわ》を横向《よこむ》きに回転《かいてん》させはじめた。

幸村《ゆきむら》さんがさけぶ。

「みなの者《もの》！　合力《ごうりき》せよ！」

「はっ！」

十勇士《じゅうゆうし》たちの声《こえ》とともに、岩《いわ》が一気《いっき》に爆発《ばくはつ》した。

炎《ほのお》に包《つつ》まれた、粉々《こなごな》になった無数《むすう》の石《いし》が、わたしたちの頭上《ずじょう》を越《こ》え、四方八方《しほうはっぽう》に燃《も》えながら飛《と》んでいった。

森《もり》が火事《かじ》になる。森《もり》のなかにいる徳川方《とくがわがた》の兵《へい》たちの悲鳴《ひめい》があがる。

家康《いえやす》さんの声《こえ》も聞《き》こえてきた。

「くそっ！　幸村《ゆきむら》め！　十勇士《じゅうゆうし》め！　――みなの者《もの》、ひけ！　ひけ！」

こんどこそ、森《もり》から徳川方《とくがわがた》の気配《けはい》が消《き》えた。

水《みず》の龍《りゅう》が、四方《しほう》の森《もり》に水《みず》の玉《たま》を吐《は》き、消火《しょうか》をはじめた。

森《もり》の火事《かじ》が鎮火《ちんか》したところで、火《ひ》の龍《りゅう》も水《みず》の龍《りゅう》も姿《すがた》を消《け》した。

あたりが、しんと静《しず》かになった。

大助《だいすけ》くんが、幸村《ゆきむら》さんにいう。

「父上《ちちうえ》、かくなるうえは、大坂城《おおさかじょう》におもどりください。」

幸村《ゆきむら》さんがため息《いき》をつく。

「しかたあるまい。」

「淀殿《よどどの》から、今日《きょう》の昼《ひる》までにもどるよう命《めい》じられております。」

「昼《ひる》か。」

「はっ。」

「ところで……。」

幸村《ゆきむら》さんが、わたしたちのほうに顔《かお》を向《む》けてきた。

「さきほどから、十勇士《じゅうゆうし》たちの術《じゅつ》を見《み》ても、おぬしたちはおどろいていないようだが。」

「はい……。」

「なぜ、おどろいておらぬのだ。」

「それは……。」

「遠慮《えんりょ》せずに申《もう》せ。」

わたしが経緯《けいい》を説明《せつめい》しようとしたとき、清海入道《せいかいにゅうどう》がいった。

「大助《だいすけ》さまとこの者《もの》たちが、お館《やかた》さまを追《お》いかけ、お館《やかた》さまの邪魔《じゃま》をしようとしていたため……。」

すぐに猿飛佐助《さるとびさすけ》さんの声《こえ》が重《かさ》なった。

「だまれ。」

「しかし、われわれも、好《す》きこのんで術《じゅつ》をかけていたわけではござらぬ。」

「だからだまっておれ。」

「馬鹿者《ばかもの》！」

幸村《ゆきむら》さんが一喝《いっかつ》する。

「素人相手《しろうとあいて》に危険《きけん》な術《じゅつ》など使《つか》いおって！　しかも、この者《もの》たちは敵《てき》ではあるまい！」

わたしは、十勇士《じゅうゆうし》たちのほうを見《み》て、いった。

「邪魔《じゃま》するのを止《と》めるにしては、ずいぶんひどい目《め》に遭《あ》わせてくれましたよね。炎《ほのお》で燃《も》えそうになったし、水《みず》で溺《おぼ》れそうになったし、岩《いわ》に押《お》しつぶされそうになったし、風《かぜ》で吹《ふ》き上《あ》げられて地面《じめん》に叩《たた》きつけられそうになったし……。」

「むろん殺《ころ》すつもりなどなかったのだ。つい、術《じゅつ》が走《はし》りすぎ……。」

「たわけが！」

幸村《ゆきむら》さんが、ふたたび一喝《いっかつ》する。

「も、申《もう》し訳《わけ》ございませぬ！」

佐助《さすけ》さんにつづき、十勇士《じゅうゆうし》たちがいっせいに頭《あたま》を下《さ》げる。

幸村《ゆきむら》さんが、ふっと笑《わら》い、大助《だいすけ》くんにいう。

「十勇士《じゅうゆうし》たちが懸命《けんめい》に術《じゅつ》を使《つか》わねばならんほど、大助《だいすけ》とこの者《もの》たちが目障《めざわ》りだったというわけか。わははは。」

大助《だいすけ》くんが見上《みあ》げて、いう。

「笑《わら》いごとではありませぬ！　父上《ちちうえ》、これから大坂城《おおさかじょう》にもどって、戦支度《いくさじたく》をしませんと！」

「そうだな。だが、どうやって徳川《とくがわ》の大軍《たいぐん》を防《ふせ》ぐか。」

少《すこ》しの沈黙《ちんもく》のあとで、幸村《ゆきむら》さんがぽんと手《て》をたたいた。

「ふっ。家康《いえやす》はわしの前《まえ》に張《は》りぼての神社《じんじゃ》を描《えが》いた。ならばわしは大坂城《おおさかじょう》の外《そと》に、張《は》りぼてならぬ、急《きゅう》ごしらえの砦《とりで》を築《きず》いてくれるわ。」

大助《だいすけ》くんもうなずく。

「砦《とりで》！　賛成《さんせい》です！」

「よし、大助《だいすけ》、十勇士《じゅうゆうし》、大坂城《おおさかじょう》にもどるぞ！」

わたしは、幸村《ゆきむら》さんにきいた。

「間《ま》に合《あ》いますか？」

「途中《とちゅう》で馬《うま》を調達《ちょうたつ》せねばならぬかもしれんがな。」

幸村《ゆきむら》さんがいいおわると同時《どうじ》に、林《はやし》のあいだから、強《つよ》い朝日《あさひ》が境内《けいだい》にさしこんできた。

「うわっ、まぶしい！」

わたしが右手《みぎて》で顔《かお》を隠《かく》すと、タイムが、わたしの腕《うで》のなかに飛《と》びこんできた。わたしは、痛《いた》む左腕《ひだりうで》でタイムを抱《だ》きしめた。

目《め》の前《まえ》が真《ま》っ白《しろ》になった。

12　ペット連《づ》れはダメです

わたし――遠山香里《とおやまかおり》――、拓《た》っくん、亮平《りょうへい》くんは折《お》り重《かさ》なるように倒《たお》れていた。

「クゥ～ン……。」

わたしの左腕《ひだりうで》のなかからタイムの声《こえ》。

「ちょっと痛《いた》い！　のいて！　タイム、だいじょうぶ？」

背中《せなか》の重《おも》みが軽《かる》くなったので、両手《りょうて》を支《ささ》えにして上体《じょうたい》を起《お》こした。左腕《ひだりうで》が痛《いた》み、また突《つ》っ伏《ぷ》しそうになった。

周囲《しゅうい》から声《こえ》が聞《き》こえてきた。

「ちょっと、なんだよ、びしょびしょじゃん！」

わたし、拓《た》っくん、亮平《りょうへい》くんは立《た》ち上《あ》がって、自分《じぶん》たちの姿《すがた》を見《み》てから、顔《かお》を見合《みあ》わせた。

おたがい、声《こえ》に出《だ》さなくても、いいたいことはわかっていた。

わたしたちは、タイムスリップしていた一六一四年冬《ねんふゆ》から二十一世紀《せいき》にもどってきたのだ。根《ね》津甚八《づじんぱち》さんの水攻《みずぜ》めにたびたび遭《あ》って、着《き》ている服《ふく》が濡《ぬ》れていた。上野《うえの》にできた戦国博物館《せんごくはくぶつかん》の開館記念展《かいかんきねんてん》「大坂《おおさか》の陣《じん》四百年記念展《ねんきねんてん》」の展示《てんじ》を見《み》ていて、将棋倒《しょうぎだお》しになってタイムスリップしてしまったのだ。

係員《かかりいん》のおねえさんが駆《か》けつけてきた。

トートバッグは、タイムスリップしたとき、服部半蔵《はっとりはんぞう》さんがいた小屋《こや》といっしょに燃《も》えてしまっていたから、わたしはタイムを右手《みぎて》で抱《だ》きかかえて、隠《かく》した。

おねえさんが、わたしにいう。

「そんなびしょびしょの格好《かっこう》では、ほかのお客《きゃく》さまのご迷惑《めいわく》です。それと……。」

わたしの右腕《みぎうで》のなかのタイムを指《ゆび》さす。

「……ペットを連《つ》れてのご入場《にゅうじょう》はお断《ことわ》りしているはずです。」

わたしたち三人《にん》は、周囲《しゅうい》から非難《ひなん》がましい目《め》で見《み》られていた。

わたしは、亮平《りょうへい》くんと拓《た》っくんにいった。

「出《で》よう……。」

わたし、左足《ひだりあし》を引《ひ》きずる拓《た》っくん、亮平《りょうへい》くんの順《じゅん》に歩《ある》く。

来《き》た道《みち》をもどろうとすると、係員《かかりいん》のおねえさんに止《と》められた。

「館内《かんない》は一方通行《いっぽうつうこう》よ。出口《でぐち》まで付《つ》き添《そ》ってあげるから。」

わたしは、係員《かかりいん》のおねえさんに付《つ》き添《そ》われて歩《ある》きながら質問《しつもん》した。

「ここ、戦国博物館《せんごくはくぶつかん》ですよね。」

「そうよ。」

「開館記念展《かいかんきねんてん》の『大坂《おおさか》の陣《じん》四百年記念展《ねんきねんてん》』ですか？」

「あたりまえじゃないの。展示《てんじ》を見《み》たらわかるでしょ。」

「あ、あのっ、年表《ねんぴょう》のところにもどってもいいですか？　すぐ出《で》ますから。」

わたしは、おねえさんが返事《へんじ》をする前《まえ》に会場《かいじょう》を走《はし》ってもどった。拓《た》っくんと亮平《りょうへい》くんもついてくる。

展示《てんじ》のはじめに掲《かか》げられている年表《ねんぴょう》を見上《みあ》げた。

慶長《けいちょう》十九年《ねん》（一六一四）大坂冬《おおさかふゆ》の陣《じん》
真田幸村《さなだゆきむら》、真田丸《さなだまる》で活躍《かつやく》。徳川方《とくがわがた》の攻撃《こうげき》から大坂城《おおさかじょう》を守《まも》る。
和睦《わぼく》。

大坂城《おおさかじょう》の堀《ほり》が埋《う》め立《た》てられる
真田丸《さなだまる》が取《と》り壊《こわ》される
元和《げんな》　元年《がんねん》（一六一五）大坂夏《おおさかなつ》の陣《じん》
真田幸村《さなだゆきむら》死去《しきょ》
豊臣家《とよとみけ》滅亡《めつぼう》
元和《げんな》　二年《ねん》（一六一六）徳川家康《とくがわいえやす》、病死《びょうし》

年表《ねんぴょう》に書《か》かれているのは、わたしたちが知《し》っている大坂《おおさか》の陣《じん》だった。

徳川家康《とくがわいえやす》さんは石清水八幡宮《いわしみずはちまんぐう》から撤退《てったい》したものの、ちゃんと大坂《おおさか》の陣《じん》を起《お》こし、幸村《ゆきむら》さんは大《おお》坂城《さかじょう》の出城《でじろ》「真田丸《さなだまる》」を築《きず》いて、活躍《かつやく》していた。

「あなたたち、早《はや》く出《で》て。」

わたしたちは、係員《かかりいん》のおねえさんに強引《ごういん》に連《つ》れられて、会場《かいじょう》を歩《ある》かされた。

出口近《でぐちちか》くにレストランがあった。

前《まえ》を通《とお》りかかると、メニューの一部《いちぶ》が写真《しゃしん》で出《で》ていた。

大坂《おおさか》の陣《じん》ランチ、真田幸村《さなだゆきむら》ランチ、淀殿《よどどの》ランチ、徳川家康《とくがわいえやす》ランチ、などと書《か》かれてある。

亮平《りょうへい》くんのお腹《なか》が「グゥ〜。」と鳴《な》ったのにつづき、拓《た》っくんとわたしのお腹《なか》も鳴《な》りはじめた。

わたしたちは、タイムスリップした先《さき》では、なにも食《た》べていなかったのだ。

「ほら、出《で》て。そんなずぶ濡《ぬ》れ、ペット連《づ》れでレストランに入《はい》らないで。」

わたしたちは、係員《かかりいん》のおねえさんに背中《せなか》を押《お》されるように会場《かいじょう》をあとにした。

会場《かいじょう》をあとにして、トボトボ歩《ある》きながら、わたしはママとの約束《やくそく》を思《おも》い出《だ》した。

「図録《ずろく》、頼《たの》まれてたんだった……。」

あとがき

親愛《しんあい》なる読者諸君《どくしゃしょくん》。

第二《セカンド》シーズンの第二十弾《だいだん》、楽《たの》しんでもらえましたか？

今回登場《こんかいとうじょう》するのは、真田幸村《さなだゆきむら》、大助《だいすけ》、そして十勇士《じゅうゆうし》たちです。

本《ほん》シリーズでは、『真田幸村《さなだゆきむら》は名探偵《めいたんてい》!!』につづいて、二度目《どめ》の登場《とうじょう》です。

香里《かおり》、拓哉《たくや》、亮平《りょうへい》がタイムスリップするのは慶長《けいちょう》十九年《ねん》（一六一四）十一月《がつ》十五日《にち》。大坂冬《おおさかふゆ》の陣《じん》の直前《ちょくぜん》です。

『真田幸村《さなだゆきむら》は名探偵《めいたんてい》!!』では、高野山《こうやさん》の麓《ふもと》の九度山村《くどやまむら》から脱出《だっしゅつ》して、大坂城《おおさかじょう》に向《む》かう直前《ちょくぜん》の慶長《けいちょう》十九年《ねん》十月八日《がつようか》にタイムスリップしましたから、およそ一か月後《げつご》ということになります。

『真田幸村《さなだゆきむら》は名探偵《めいたんてい》!!』では、幸村《ゆきむら》と大助《だいすけ》を無事《ぶじ》に九度山村《くどやまむら》から脱出《だっしゅつ》させるのが命題《めいだい》でした。今回《こんかい》は、せっかく大坂城《おおさかじょう》に入《はい》ったのに、大坂冬《おおさかふゆ》の陣《じん》がはじまる前《まえ》に、徳川家康《とくがわいえやす》を討《う》つため城《しろ》から飛《と》び出《だ》してしまった幸村《ゆきむら》を連《つ》れもどすのが命題《めいだい》です。

幸村《ゆきむら》は、戦国武将《せんごくぶしょう》のなかでも一、二を争《あらそ》う人気者《にんきもの》です。すぐれた戦術家《せんじゅつか》でもあり、軍師《ぐんし》でもありました。

大坂冬《おおさかふゆ》の陣《じん》では大坂城《おおさかじょう》の南端《なんたん》に「真田丸《さなだまる》」という砦《とりで》を築《きず》いて、徳川軍《とくがわぐん》の猛攻《もうこう》を跳《は》ね返《かえ》して、和《わ》睦《ぼく》に持《も》ちこませます。半年後《はんとしご》の夏《なつ》の陣《じん》では徳川軍《とくがわぐん》の本陣《ほんじん》に突撃《とつげき》し、家康《いえやす》を討《う》つ寸前《すんぜん》まで迫《せま》りながらも、討《う》ち死《じ》にしてしまいます。

大助《だいすけ》は、あまりよく知《し》られていませんが、九度山村《くどやまむら》で生《う》まれ、大坂冬《おおさかふゆ》の陣《じん》、夏《なつ》の陣《じん》で活躍《かつやく》します。でも大坂城内《おおさかじょうない》で、淀殿《よどどの》、豊臣秀頼《とよとみひでより》とともに命《いのち》を絶《た》ってしまいます。

真田十勇士《さなだじゅうゆうし》の面々《めんめん》――猿飛佐助《さるとびさすけ》、霧隠才蔵《きりがくれさいぞう》、三好清海入道《みよしせいかいにゅうどう》、三好伊三入道《みよしいさにゅうどう》、海野六郎《うんのろくろう》、穴山小《あなやまこ》助《すけ》、根津甚八《ねづじんぱち》、由利鎌之介《ゆりかまのすけ》、筧十蔵《かけいじゅうぞう》、望月六郎《もちづきろくろう》――は、明治時代末期《めいじじだいまっき》から大正時代末期《たいしょうじだいまっき》にかけて発売《はつばい》された講談本《こうだんぼん》「立川文庫《たつかわぶんこ》」シリーズで有名《ゆうめい》になりました。もとは江戸時代後期《えどじだいこうき》までに完成《かんせい》した『真田三代記《さなださんだいき》』が基礎《きそ》になっています。

実在《じつざい》の人物《じんぶつ》、モデルとなった人物《じんぶつ》、架空《かくう》の人物《じんぶつ》が混在《こんざい》しています。

でも「いた」と思《おも》うほうが、楽《たの》しいではありませんか。

香里《かおり》、拓哉《たくや》、亮平《りょうへい》の三人《にん》をどんな時代《じだい》にタイムスリップさせたいか、どんな歴史上《れきしじょう》の有名人《ゆうめいじん》に出《で》てきてほしいか、読者《どくしゃ》ハガキに書《か》いて送《おく》ってくださいね。じゃ。

二〇一五年《ねん》十一月《がつ》

楠木誠一郎《くすのきせいいちろう》

＊著者紹介

楠木誠一郎《くすのきせいいちろう》

1960年，福岡県生まれ。日本大学法学部卒業後，歴史雑誌編集者を経て作家となる。『十二階の柩《ひつぎ》』（講談社）で小説デビュー。『名探偵夏目漱石の事件簿』（廣済堂出版）で第８回日本文芸家クラブ大賞受賞。〈タイムスリップ探偵団〉シリーズ，『まぼろしの秘密帝国MU《ムー》（上・中・下）』，〈ぼくたちのトレジャーを探せ！〉シリーズ（講談社青い鳥文庫），〈タイムスリップ・ミステリー〉シリーズ，〈私立霊界高校〉シリーズ（YA! ENTERTAINMENT）など著書多数。

＊画家紹介

岩崎美奈子《いわさきみなこ》

３月10日，新潟県生まれ。魚座のＢ型。ゲームのキャラクター画，本や雑誌の挿絵などで活躍中。個人画集に『岩崎美奈子　ART WORKS』（ソフトバンク　クリエイティブ），挿絵に『黄金の花咲く―龍神郷―』（講談社Ｘ文庫ホワイトハート）ほか多数。

公式サイトGREAT ESCAPE
（http://homepage2.nifty.com/g-e/）

講談社　青い鳥文庫　　223-33

真田《さなだ》十勇士《じゅうゆうし》は名探偵《めいたんてい》!!

——タイムスリップ探偵団《たんていだん》と忍術妖術《にんじゅつようじゅつ》オンパレード!の巻《まき》——

楠木誠一郎《くすのきせいいちろう》

2015年12月15日　第1刷発行

(定価はカバーに表示してあります。)

発行者　清水保雅

発行所　株式会社講談社

東京都文京区音羽2-12-21　郵便番号112-8001

電話　出版（03）5395-3536

販売（03）5395-3625

業務（03）5395-3615

N.D.C.913　220p　18cm

装　丁　久住和代

印　刷　図書印刷株式会社

製　本　図書印刷株式会社

本文データ制作　講談社デジタル製作部

© SEIICHIRO KUSUNOKI　2015

Printed in Japan

(落丁本・乱丁本は，購入書店名を明記のうえ，小社業務あてにお送りください。送料小社負担にておとりかえします。)

■この本についてのお問い合わせは，児童図書第二出版「青い鳥文庫」係にご連絡ください。

本書のコピー，スキャン，デジタル化等の無断複製は著作権法上での例外を除き禁じられています。本書を代行業者等の第三者に依頼してスキャンやデジタル化することはたとえ個人や家庭内の利用でも著作権法違反です。

ISBN978-4-06-285537-2

おもしろい話がいっぱい！

パセリ伝説 水の国の少女(1)〜(12)　倉橋燿子
パセリ伝説外伝 守り石の予言　倉橋燿子
ラ・メール星物語 ラテラの樹　倉橋燿子
ラ・メール星物語 フラムに眠る石　倉橋燿子
ラ・メール星物語 フラムの青き炎　倉橋燿子
ラ・メール星物語 風の国の小さな女王　倉橋燿子
ラ・メール星物語 アクアの祈り　倉橋燿子
魔女の診療所(1)〜(8)　倉橋燿子
ドジ魔女ヒアリ(1)〜(3)　倉橋燿子

ポレポレ日記《ダイアリー》シリーズ

ポレポレ日記《ダイアリー》(1)〜(2)　倉橋燿子

泣いちゃいそうだよ シリーズ

泣いちゃいそうだよ　小林深雪
もっと泣いちゃいそうだよ　小林深雪
いいこじゃないよ　小林深雪
ひとりじゃないよほんとは　小林深雪
好きだよ　小林深雪
かわいくなりたい　小林深雪
ホンキになりたい　小林深雪
いっしょにいようよ　小林深雪
もっとかわいくなりたい　小林深雪
夢中になりたい　小林深雪
信じていいの？　小林深雪
きらいじゃないよ　小林深雪
ずっといっしょにいようよ　小林深雪
やっぱりきらいじゃないよ　小林深雪
大好きがやってくる 七星《ななせ》編　小林深雪
大好きをつたえたい 北斗《ほくと》編　小林深雪
大好きな人がいる 北斗《ほくと》&七星《ななせ》編　小林深雪
泣いてないってば！　小林深雪
神様しか知らない秘密　小林深雪
七つの願いごと　小林深雪
転校生は魔法使い　小林深雪
わたしに魔法が使えたら　小林深雪
天使が味方についている　小林深雪
女の子ってなんでできてる？　小林深雪
男の子ってなんでできてる？　小林深雪

トキメキ♥図書館 シリーズ

トキメキ♥図書館(1)〜(10)　服部千春

予知夢がくる！(1)〜(6)　東 多江子
フェアリーキャット(1)〜(2)　東 多江子
a《エ》i《ア》r だれも知らない5日間　名木田恵子
レネット ＋金色の林檎　名木田恵子
初恋×12歳　名木田恵子
友恋×12歳　名木田恵子
ギャング・エイジ　阿部夏丸
パパは誘拐犯　八束澄子
わたしの、好きな人　八束澄子
ハラヒレフラガール！　伊藤クミコ
おしゃれ怪盗クリスタル(1)〜(5)　伊藤クミコ

桜小なんでも修理クラブ！(1)〜(3)　深月ともみ
放課後ファンタスマ！(1)〜(3)　桜木日向
ぼくはすし屋の三代目　佐川芳枝

氷の上のプリンセス シリーズ

氷の上のプリンセス(1)〜(6)　風野　潮
ビート・キッズ　風野　潮

探偵チームKZ《カッズ》事件ノート シリーズ

消えた自転車は知っている　藤本ひとみ／原作　住滝　良／文
切られたページは知っている　藤本ひとみ／原作　住滝　良／文
キーホルダーは知っている　藤本ひとみ／原作　住滝　良／文
卵ハンバーグは知っている　藤本ひとみ／原作　住滝　良／文
緑の桜は知っている　藤本ひとみ／原作　住滝　良／文
シンデレラ特急は知っている　藤本ひとみ／原作　住滝　良／文
シンデレラの城は知っている　藤本ひとみ／原作　住滝　良／文
クリスマスは知っている　藤本ひとみ／原作　住滝　良／文
裏庭は知っている　藤本ひとみ／原作　住滝　良／文
初恋は知っている 若武編　藤本ひとみ／原作　住滝　良／文
天使が知っている　藤本ひとみ／原作　住滝　良／文
バレンタインは知っている　藤本ひとみ／原作　住滝　良／文
ハート虫は知っている　藤本ひとみ／原作　住滝　良／文
お姫さまドレスは知っている　藤本ひとみ／原作　住滝　良／文
青いダイヤが知っている　藤本ひとみ／原作　住滝　良／文
赤い仮面は知っている　藤本ひとみ／原作　住滝　良／文
黄金の雨は知っている　藤本ひとみ／原作　住滝　良／文
七夕姫は知っている　藤本ひとみ／原作　住滝　良／文
消えた美少女は知っている　藤本ひとみ／原作　住滝　良／文

妖精チームG《ジェニ》事件ノート シリーズ

クリスマスケーキは知っている　藤本ひとみ／原作　住滝　良／文
星形クッキーは知っている　藤本ひとみ／原作　住滝　良／文

歴史発見！ドラマ シリーズ

マリー・アントワネット物語(上)(中)(下)　藤本ひとみ
美少女戦士ジャンヌ・ダルク物語　藤本ひとみ
新島《にいじま》八重《やえ》物語 幕末・維新の銃姫《じゅうき》　藤本ひとみ

戦国武将物語 シリーズ

織田信長 炎の生涯　小沢章友
豊臣秀吉 天下の夢　小沢章友
徳川家康 天下太平　小沢章友
黒田官兵衛 天下一の軍師　小沢章友
武田信玄と上杉謙信　小沢章友
真田幸村 風雲！ 真田丸　小沢章友
平 清盛 運命の武士王　小沢章友
飛べ！ 龍馬 坂本龍馬物語　小沢章友
源氏物語 あさきゆめみし(1)〜(5)　大和和紀／原作　時海結以／文
平家物語 夢を追う者　時海結以
竹取物語 蒼き月のかぐや姫　時海結以
枕草子 清少納言のかがやいた日々　時海結以

「講談社《こうだんしゃ》 青《あお》い鳥文庫《とりぶんこ》」刊行《かんこう》のことば

太陽《たいよう》と水《みず》と土《つち》のめぐみをうけて、葉《は》をしげらせ、花《はな》をさかせ、実《み》をむすんでいる森《もり》。小《こ》鳥《とり》や、けものや、こん虫《ちゅう》たちが、春《はる》・夏《なつ》・秋《あき》・冬《ふゆ》の生活《せいかつ》のリズムに合《あ》わせてくらしている森《もり》。森《もり》には、かぎりない自然《しぜん》の力《ちから》と、いのちのかがやきがあります。

本《ほん》の世界《せかい》も森《もり》と同《おな》じです。そこには、人間《にんげん》の理想《りそう》や知恵《ちえ》、夢《ゆめ》や楽《たの》しさがいっぱいつまっています。

本《ほん》の森《もり》をおとずれると、チルチルとミチルが「青《あお》い鳥《とり》」を追《お》い求《もと》めた旅《たび》で、さまざまな体験《たいけん》を得《え》たように、みなさんも思《おも》いがけないすばらしい世界《せかい》にめぐりあえて、心《こころ》をゆたかにするにちがいありません。

「講談社《こうだんしゃ》 青《あお》い鳥文庫《とりぶんこ》」は、七十年《ねん》の歴史《れきし》を持《も》つ講談社《こうだんしゃ》が、一人《ひとり》でも多《おお》くの人《ひと》のために、すぐれた作品《さくひん》をよりすぐり、安《やす》い定価《ていか》でおおくりする本《ほん》の森《もり》です。その一さつ一さつが、みなさんにとって、青《あお》い鳥《とり》であることをいのって出版《しゅっぱん》していきます。この森《もり》が美《うつく》しいみどりの葉《は》をしげらせ、あざやかな花《はな》を開《ひら》き、明日《あす》をになうみなさんの心《こころ》のふるさととして、大《おお》きく育《そだ》つよう、応援《おうえん》を願《ねが》っています。

昭和《しょうわ》五十五年《ねん》十一月《がつ》

講談社